二見文庫

義父の後妻

霧原一輝

目次

第一章　再婚宣言　7
第二章　禁断の果実　47
第三章　パーティの後で　88
第四章　義母の誘惑　121
第五章　同級生不倫　162
第六章　新社長との一夜　202

義父の後妻

第一章　再婚宣言

1

「豊太郎《とよたろう》さんはすぐに参りますから、その間、お茶とお菓子でも召しあがっていてください」

すらりとした女が、謎めいているが、どこか人懐っこい笑みを口許に浮かべて、ソファに腰をおろした。

(これが、義父《ちち》の女か……！)

楠本郁夫《くすもといくお》はお茶を啜りながら、目の前の壺井美雪《つぼいみゆき》を観察する。

ブラウスにカーディガンをはおり、膝丈のスカートを穿いている。

気取らず飾らず、礼を失しない服装だ。極めて普通の格好で、飛び抜けた美人ではないのに、この滲み出す色気はどこからくるのだろう？

優美とか品がいいというタイプではない。言ってみれば、とても庶民的だ。なのに、この女を抱いてみたくなる。

セミロングのウエーブヘアで、鼻筋は通っているが、目と鼻のつき方がどこか猫を思わせる。声もちょっと鼻にかかっている。

きっと、そんないろいろなパーツがいい具合に混在して、セックスの匂いがするのだろう。

義父の豊太郎は七十歳で、美雪は二十八歳。図抜けた歳の差カップルだが、不思議に美雪が義父に抱かれているところは、容易に想像できてしまう。

ここに来るまでは、なぜ義父が突然の再婚を言い出したのか疑問だった。だが、美雪に逢ってその疑問が解けた。

「待たせたな」

寺島《てらしま》豊太郎が居間にやってきた。

髪は薄く、顎の張った生命力の強そうな顔をしている。ひろくデベロッパーとしても活躍し、K不動産を一代でこの県有数の不動産会社に成長させた自信のようなものが、その恰幅のいいガタイからあふれている。

郁夫は直立して、豊太郎を迎える。郁夫はK不動産の支店で働いているが、豊太郎は社長であり妻・早苗《さなえ》の父親なのだから、それ相応の態度で接しなければいけない。

豊太郎はソファにどっかりと座り、まるで見せつけでもするように、隣の美雪の手に自分の手を重ねた。美雪がはにかんで、目を伏せる。

「今日は、親族代表で来たんだろ？　娘たちに様子をうかがってくるように言われたか？　ご苦労なことだな」

そう言う豊太郎の目の奥には、冷たいものが宿っている。

「ああ、いえ……はい」

「ははっ、正直な男だ。いつまで立っているんだ。座りなさいよ」

郁夫はソファに浅く腰をかける。

「で、娘たちは何と言ってる？」

「はあ……それは……」

郁夫は口ごもる。

「この結婚に反対しているんだろ？　それなら、そうと面と向かって言えばいいのにな……もっとも、娘たちに反対されても、私はこの人と結婚するがな」

豊太郎が隣の美雪を見て、その手を強く握った。

義父は、土地やビルも所有している資産家だった。

豊太郎の娘は二人いる。そして二年前、楠本郁夫は長女である早苗と結婚した。父親の会社で働いていた早苗との社内結婚だった。

早苗が当時二十八歳という結婚適齢期であったこともあってか、豊太郎は心から娘の結婚を祝福しているように見えた。ちなみに、早苗には菜月《なつき》という二歳年下の妹がいて、昨年、結婚した。

周りからは、社長に実の息子がいないのだから、現在三十五歳である婿の郁夫がその後継者に指名されるのではないか、という声も聞こえてきた。

が、郁夫自身あまり出世欲がなく、ごく普通の家庭を早苗とともに築くことを人生の目標にしている。義父にも、支店に勤めている出来のよくない娘婿に後を継がせようという気はさらさらないようだった。

そして、豊太郎は四年前に長年連れ添ってきた妻を亡くし、それ以降、ひろい家でひとり暮らしを強いられてきた。長女である早苗と婿である郁夫が、同じ家に住めばいいという声もあったが、義父はそれを強く拒否し、郁夫と早苗は今、同じ市内の一軒家に住んでいる。

そんな一家にまさかの事態が起こった。

二週間前、豊太郎がある女性と再婚するから、と家族に伝えてきたのだ。

その相手が、今、逢っている壺井美雪だった。

美雪は半年前にK不動産の本店でパート勤めをしていたところを、豊太郎に見初められた。以降、二人の関係は急速に進み、二週間前から、美雪は豊太郎の家で同棲をはじめた。

一緒に住んで問題ないようだったら、結婚する、と豊太郎は娘たちに伝えた。

それを聞いて、数日前に家族会議が楠本家で行われた。

郁夫夫婦の他に、妹の菜月とその若い夫の柿崎《かきざき》が出席した。

『お父さん、絶対女に騙されてるわよ。だって、壺井美雪って二十八歳なのよ。父が七十だから、四十以上も歳が離れているのよ。そんな若い女がお父さんを好きになるわけがない。絶対に財産目当てよ』

早苗がまくしたて、

『わたしもそう思うわ。だいたい、古希の父がそんな若い女と再婚するなんて……恥ずかしいわ。世間だって、絶対にそう見るわよ』

妹の菜月もそれに輪をかけて反対をした。

郁夫は発言を控えた。その歳で若い女と再婚するという義父に同性としての羨望を感じていた。柿崎などは、

『でも、お義父さんの面倒を見てくれる人ができるんだから、いいんじゃないですかね』

と発言し、女性軍の猛反発にあった。

豊太郎が再婚するということは、その遺産の半分が配偶者である美雪に行くことになり、娘たちの相続金が大幅に減ることになる——。

その事実を、柿崎はかるく見すぎていたのだ。

娘婿にとって、資産家の父親の遺産は確かに魅力的ではあるが、それを当てにしているようでは、男が廃《すた》る。自力で稼いだ金で家族を養うことが大事で、義父の遺産などはオマケのようなものだ——そう思いたい義弟の気持ちは、郁夫にも理解できた。

女たちが主導権を握った家族会議で、まずは、同棲している二人の様子をさぐるために誰かを派遣しようという話になった。

白羽の矢が立ったのが、郁夫だった。

じつの娘が行っては、親族の代表のようで、事を荒らげてしまう。女性が女性の話をすると、よけいに話がこじれてしまう。

『まずは様子をさぐるために、郁夫さんが行ってよ』

そう妻に強く言われ、損な役回りだと感じた。郁夫は、義父＝社長のもとで働いているのだから、にらまれたら、立場上まずい。だが、

『郁夫さんしかいないのよ。普段あまり役に立っていないんだから、こういうときぐらい、存在価値を示してよ』

妻にそう強く言われては、ノーとは言えなかった。

「もうこんな時間か……どうだ、一緒に飯でも食っていくか？　美雪、まずは酒の用意をしてくれ。それから、少しずつ料理を出してもらおうか」

豊太郎が美雪を見た。

「はい……」

美雪が立ちかけたのを、郁夫は止めた。

「いえ、申し訳ないですから、帰ります。それに、車で来ていますから」

「きみとはまだ差しで呑んだことがなかったな。いい機会じゃないか……それに、美雪の手料理は美味いぞ。びっくりするから……美雪、頼む」

豊太郎が言って、美雪が席を立った。

2

和室の座卓を前に、郁夫は義父と酒を酌み交わしながら、早苗の手料理を口に運んでいる。

確かに、豊太郎が言うように、出される料理すべてが美味しかった。比較するのは何だが、妻の早苗が作る料理とは雲泥の差があった。

(なるほど、義父は胃袋もつかまれているのか……しかし、二十八歳でこんな美味しい料理が作れるとは、女性力がハンパじゃないな)

初めての結婚らしいが、どんな人生を送ってきたのだろう？　料理は誰に習ったのだろう？　いずれにしろ、母親が料理上手だったに違いない。

そして、義父・豊太郎は上機嫌だった。

自分が見初めた女が料理上手であることを自慢しているようにも見えた。

それに、料理の腕だけではなく、胸当てエプロンをつけた美雪は、料理を出す際にもにこにこしていて、とても家庭的な女に見えた。

ただ家庭的というだけではなく、エプロンをした後ろ姿はスカートがむちむちとした尻を包み、流線型を描くふくら脛さえも官能的に映った。

非の打ち所がない女だった。

こんないい女が、戸籍上、義理の母になるのだ。

遺産の分配が少なくなるのは確かだが、それ以外は反対する理由などない。義父の面倒を見てもらえるのだから、それにお金を払っていると考えればいい——。

郁夫はそう思いはじめていた。

飲み食いしながら、義父ととりとめのない話をした。豊太郎がいまだ現役バリバリの実業家であるせいか、仕事関連の話題が多かった。

だが、美雪の話になるとその強面の表情が和らぎ、

「美雪には、仕事でも秘書をやらせているんだが、これが、優秀でな。ただ家庭的というだけでなく、ビジネスでも有能なんだ。こんな女はまずいない。美雪がうちで働いてくれて、ラッキーだったよ……女房を亡くしてから、ひとりだったからな……」

豊太郎が酔いで赤くなった顔でしんみりと語った。

「俺には最後の恋だろうな。これほどの女と出逢えたんだから」

そうしみじみと語られ、郁夫も強い同意を覚えた。

（これは、反対できない。あとは、妻たちにどう伝えるかだな……）

飲み食いをしはじめて二時間が経って、さすがの義父にも疲れが見え、うとうとしはじめた。

そこに、エプロン姿の美雪がやってきて、話しかけた。

「豊太郎さん、そろそろお休みになられますか？」

「いや、俺はまだ……」

口ではそう言うものの、豊太郎は眠気に襲われているのか、ぐらぐらしはじめた。

「すみません。寝室に連れていきますね」

美雪が豊太郎を立たせた。

「郁夫くん、きみ今夜は泊まっていきなさい。美雪の話し相手になってやってくれ。頼むぞ」

肩を借りた豊太郎がそう言って、美雪とともに部屋を出た。

社長ももう古希を迎えている。これまで人生を全力疾走してきた人だから、蓄積疲労もあるのだろう。血圧も高いと聞いている。

（女房たちだって、あとは父親の好きなようにやらせればいいんだ。そりゃあ、遺産は減るだろうし、今から新しい義母を迎えるのは抵抗あるだろうが……これだけの生活を送れているのも、お義父さんが頑張ってくれたお蔭じゃないか）

そう思いつつも、早苗にケータイで電話を入れ、『酒を呑んでしまって、義父からもそう勧められたから、今夜は泊まっていく』という旨を告げた。

『ミイラ取りがミイラにならないでよ』

早苗はそう言って、電話を切った。

しばらくすると、美雪が部屋に入ってきた。

「もうお休みになられましたから……すみません。お相手ができなくて」

エプロンを外し、座卓の隣に座って、お酌をする。

お酌をする手付きもさまになっているし、美雪が隣にいるだけで、温かい気持ちになる。

「美雪さんも……」

と、日本酒を勧めると、

「いえ、わたしは……」

最初は断ったものの、

「お義父さんも寝ているんだから、いいじゃないですか。さっき、お相手をするように言われたんじゃないですか？」

「……そうですね。じゃあ、少しだけ」

美雪がぐい呑みを持った。そこに、透明な日本酒を注ぐと、美雪は両手でぐい呑みを持ち、口をつけて空ける。あらわになった喉元のラインがセクシーで、ドキッとしてしまう。

「お強そうですね」

そんな気持ちを押し隠して、言う。

「豊太郎さんにつきあっているうちに、強くなってしまって」

「そうですか……お義父さんは酒好きですからね」

「呑みすぎが心配なんですよ。長生きしていただきたいから」

豊太郎のことを思って眉根を寄せる美雪は、伴侶にするには最高の女に見えた。

酒を酌み交わしていくうちに、美雪は酔ってきたのか、ウエーブヘアから見える色白の顔が徐々に赤くなり、ほっそりした首すじやブラウスからのぞく胸元までもが桜色に染まってきた。

所作にも柔らかさが増して、いっそうエロい。

（何だ、この色気は？）

本人の自覚なしに、男をその気にさせる女がいる。きっと、美雪はその類の女なのだろう。

膝がゆるみ、スカートからこぼれる太腿はむっちりとして肉感的だ。

（今、太腿の奥をまさぐったら、身悶えをして身体を預けてくるのではないか？）

男にそう思わせる何かが、美雪には備わっていた。

しかし、相手は義父が結婚を考えている女だ。そんなことをしたら、すべてが終わる。

それに、郁夫自身がそうやって女を抱くタイプではない。

もし自分にプレイボーイの血が流れていたら、女性体験はもっと多くなっただろう。郁夫は三十五歳にして、いまだ四人の女しか知らない。

美雪の人生をもっと知りたくなって、訊いた。

「美雪さんは、このへんの出身ですよね？」

「はい……S市の出身です。この街と較べると、随分と田舎ですが……東京の大学に進学して、しばらく東京で働いて、一年前に帰ってきました。K不動産で非正規で働いているときに、豊太郎さんと……」

「……向こうでは、お仕事は？」

「いろいろとしました。いろいろな会社に勤めたんですが、居所を見つけられなくて、故郷に帰ってきました。と言っても、両親を交通事故で亡くしていますから、天涯孤独の身なんですよ」

「……そうですか。大変でしたね」

「いえ……大した苦労ではありません」

そうやって強がる美雪を見ていると、いじらしくなっていっそう男心をくすぐられた。

東京では自分の居所を見つけられなくて、故郷に戻ってきた。しかも、両親は亡くなっているのだ……。

不幸の星を背負いながらも、けなげに生きる女——。

義父のみならず、多くの男が美雪を何とかしてあげたい、自分が幸せにしてやると気負い立つことだろう。

郁夫も自分がここの出身で、東京の私立大学に入学し、卒業して、しばらく東京の会社に勤めていた。が、その会社が倒産して、地元に戻り、K不動産に勤めた。社内で今の妻の早苗と知り合い、恋愛関係になり、二年前に結婚をしたという話をした。

「そうですか……よかったですね。今の奥さまとご結婚されて」

「いやいや……婿の立場ですから、けっこう大変ですよ」

「……そろそろ、お休みになられますか？」

唐突に美雪が言った。

「……ああ、そうですね」

明日は仕事が休みだから、もっと呑んでいたかった。しかし、あまり遅くなっては、迷惑だろう。

「では、客間にお布団を敷いてきますね」

美雪が立ちあがった。

その後、郁夫は客間用の和室で、延べられている布団に横になった。

だが、枕が変わると眠れないのはいつものことだった。寝つけなくて、布団を輾転とした。

そのうちに尿意を覚えて、部屋を出た。

小便をして、部屋に戻る際に、廊下を反対側に曲がってしまったようで、こち

らじゃないなと引き返そうとしたとき、

「ぁああ、あうぅ……！」

一瞬、猫の泣き声かと思ったが、そうではなかった。その高く、低くうねる声は女が閨《ねや》の際に放つ喘ぎ声だった。

ひろい屋敷だが、住んでいるのは義父と美雪だけだ。

（と言うことは、これは美雪さんの喘ぎ声か……しかし、義父はもうだいぶ前に眠ったはずだが……）

考えられるのは豊太郎が起きて、美雪と一戦を交えているということだ。

郁夫の足が完全に止まった。

和室の障子窓から、「あん、あん、あん」という美雪の甲高い声が洩れてきた。

（ダメだ。聞いてはいけない。見てはいけない……！）

耳をふさいだ。立ち去ろうとした。だが、好奇心が先に立った。

（美雪さんは義父とどんなセックスをするのだろう？　見てみたい）

それは美雪が魅力的であるがゆえに、起こってくる欲望だった。

見ると、隣室も和室になっていて、そこからなら、二人のセックスを覗けるかもしれない。覗けなくとも、もっとはっきりと閨の声は聞けるはずだ。

廊下と部屋の境の雪見障子に手をかけて、
思い止まろうとした。だが、美雪のうねるような哀切な女の声が、郁夫の理性を奪った。
（いや、ダメだ……！）

その和室は照明が点いていなかったが、上から隣室の明かりが洩れていた。

二間つづきの部屋の一室を寝室に使っているのだろう。襖は閉められているが、その上にある透かし彫りの欄間から明かりが射し、

「ぁああ、あうぅぅ」


美雪の喘ぎ声がさっきよりはっきりと耳に届いた。

郁夫は周囲を見まわした。不必要になった家具の置かれた、半ば物置と化した部屋の隅に、丸椅子が重ねておいてあった。

足音を忍ばせて、いちばん上の丸椅子をつかみ、物音がしないように襖の前に置いた。

慎重にゆっくりと椅子にあがる。ここで椅子ごと倒れたりしたら、すべてが終わる。自分は会社を追い出されるだろうし、覗き見したことが妻たちにも伝わって、侮蔑の目で見られるだろう。

危険である。やってはいけないことだ。しかし、止められなかった。

転がらないように慎重にバランスを取りながら、椅子の上に立ち、唐草模様の透かし彫りの欄間に顔を近づけた。

（ああ、これは……！）

天井のスモールライトと枕明かりに、一糸まとわぬ姿の美雪の裸身が艶めかしく浮かびあがっていた。

美雪は仰向けに寝た豊太郎の下腹部にまたがって、腰をくねらせている。反対側を向いているから、顔は見えない。

だが、後ろ姿が見える。

顔をのけぞらせているので、ウエーブヘアが後ろに垂れ、美しい曲線を描く背中がしなり、真っ白なハート形の尻が後ろに引かれ、前に突き出される。

「あっ、あっ……」

美雪の押し殺したような喘ぎがはっきりと聞こえる。

郁夫の泊まっている客間とは位置が離れているから、美雪は油断をしているのだろうか？　きっと高まる性感のなかで、そんな警戒心などなくなっているのだろう。

まさか、郁夫が覗いているなど、つゆとも思っていないのだろう。

美雪が膝を立てて、さらに大きく腰を振りはじめた。

揺りかごのように前後に揺れていた裸身が、上下に弾みはじめた。

「あん、あんっ……あん……」

聞いているほうがおかしくなるような喘ぎ声を放って、美雪は丸々としたヒップを打ちつける。

やや前傾し、裸身を斜めにして、腰を持ちあげ、打ちおろす。

その動作が徐々に激しくなり、ピタン、ピタンという音がして、

「おおぅ……！」

豊太郎が唸った。

すると、美雪は前に屈んで、豊太郎の胸板にキスをした。ちゅっ、ちゅっと唇を乳首に押しつけて、ゆっくりと舌を走らせる。

そのまま首すじから唇へと舐めあげていき、豊太郎の唇に唇を重ねた。

長くキスをつづけていた。

その間も、美雪の腰はそそりたつ肉の柱を下の口で咥《くわ》え込みながら、上下に揺れているのだ。

想像以上に豊かな双臀の底がいきりたつものをとらえ、擦りあげている。

（これは、すごい……！）

他人のセックスを実際に見たのは、初めてだった。それ以上に、美雪のセックスに興奮した。

見るからに男好きがしたし、この人ならこのくらいはするだろう、とは思っていた。

だが、実際に現場を目の当たりにすると、郁夫は想像をはるかに超えた衝撃を受けた。

イチモツがぐんと力を漲らせて、握らずにはいられなかった。

客用の浴衣を突きあげた分身を、ブリーフに手を突っ込んで、握った。熱くなったイチモツがドックン、ドックンと強い脈動を伝えてくる。

美雪がゆっくりとまわりはじめた。

突き刺さっている肉の塔を軸にして、慎重に時計回りに動き、百八十度回転して、こちらを向いた。

（見つかる……！）

ハッとして、郁夫は顔を引っ込める。

「ぁあああ、あうぅぅ……」

艶めかしい喘ぎが長く伸び、郁夫は我慢できなくなって、ふたたび顔をのぞかせる。

今度は、はっきりと顔が見えた。

美雪は背面騎乗位で義父にまたがって、腰を前後にくねらせていた。

目を閉じているから、郁夫を発見することはできないだろう。

美雪は湧きあがる快感の波に支配されているのか、

「ぁあああ、ああああぁ」

と、陶酔の声を絶えず洩らして、こうすれば感じるというように腰をゆるやかにくねらせ、時々、くいっ、くいっと鋭く振る。

すっきりした眉を八の字に折って、顔をのけぞらせている。

ほっそりした首すじの下には、たわわで形のいい乳房が隆起して、透き通るようなピンクの乳首がツンと頭を擡《もた》げていた。

そして、義父は自分は何もせずに、美雪に身を任せている。

天井のスモールランプに浮かびあがった白い光沢を放つ乳房を眺めながら、郁夫は下腹部のイチモツを握って、静かにしごいた。

快感がうねりあがってきたそのとき、美雪が前に上体を倒した。

(な、何をするんだ？)

凝視している間にも、美雪が義父の足を舐めはじめた。

美雪は前屈して、乳房を太腿に擦りつけるようにしながらも、いっぱいに出した赤い舌を義父の脛に走らせているのだ。

こんな愛戯を見るのは初めてだった。自分も体験したことがない。

よく見ると、美雪が向こう脛を足首のほうへと舐めあげる際には、身体も前に移動して、膣で肉棹を擦っていた。そして、舐めおろす際には挿入も深くなるのか、

「おおぅ……たまらんよ」

豊太郎が気持ち良さそうな声をあげた。さらに、

「お前の舌はたまらんな。震えがくるよ。ぁあああ……」

歓喜の声を洩らすのだ。

(きっと気持ちいいんだろうな。俺もやってもらいたい。挿入したまま、足を舐められたい)

郁夫は知らずしらずのうちに、勃起を強く握りしめていた。

美雪はさらに身体を前に移動させて、足首から足の甲へと舌を走らせた。

豊太郎の足をぐいと自分のほうに向け、ついには、足指を舐めはじめる。親指に舌を這わせると、また戻って、甲から足指へと舐めあげていく。

(すごい……俺は女性にここまでご奉仕されたことはない……！)

羨望を感じた。

枕を頭の下にした豊太郎が、顔を持ちあげて、美雪の後ろ姿をぎらぎらした目で見ながら、尻を撫でまわしているのが斜め上から見える。

時々、尻たぶを両手でひろげては、

「俺のチ×ポが、美雪のオマ×コにずっぽり入っているぞ……ケツの孔も丸見えだ。かわいいな、美雪のアヌスはひくひくして……ここにも突っ込んでやりたくなる」

豊太郎は嬉々として言い、アヌスを見つめる。

「いや、そんなこと言わないで……」

羞恥を見せながらも、美雪は義父の足を舐めつづけるのだ。

その延々とつづくご奉仕に、郁夫が嫉妬を感じた頃、ようやく美雪が上体を持ちあげた。

それから、両足を蹲踞《そんきょ》の姿勢で開き、腰をつかいはじめた。

「ん、んっ、んっ……！」

スクワットでもするように裸身を縦に使って、押し殺した喘ぎを弾ませる。

その腰を打ち据えるような動きが、エロすぎた。

ウエーブヘアが躍っていた。目を閉じて、眉をぎゅっと寄せている。あらわな乳房も縦揺れして、細長い形をした濃い恥毛の下に、肉の柱が出入りするさままでわかる。

たまらなかった。

豊太郎は勃起しきったものをつかんで、静かにしごいた。

熱い快感の塊が急速にふくれあがってくる。

そのとき、豊太郎が上体を起こした。

いったん結合を外し、美雪を布団に這わせた。

そして、後ろから繋がる。

真後ろについて、片膝を立てながら、きゅっとくびれた細腰を両手でつかみ寄せて、ぐいぐいと打ち込んでいる。

「あんっ、あんっ、あんっ……ぁあああ、気持ちいい！」

美雪は四つん這いになって、顔を上げ下げし、

「あん、あん、あんっ……」

と、愛らしく、セクシーでもある喘ぎをスタッカートさせて、シーツを鷲づかみにする。

「俺が勃《た》つのは、美雪だけだ。あんたに逢えてよかった。美雪は俺の救いだ。これからも一緒にいてくれ。頼むよ」

豊太郎の声が聞こえた。

「はい……ずっと一緒、ずっと……ぁあああ、豊太郎さん……いいの、いいの……あん、あんっ、ああん……イキそう。イクわ……」

「そうら、イッていいぞ。おおぅ、出そうだ。俺も出すぞ！」

顔を真っ赤に染めて、豊太郎が激しく腰を打ち据える。

「出して……あなたの精子が欲しい。子供が欲しい……」

「そうら……イケよ。出るぞ、出る……おおうぅ！」

豊太郎が吼えながら、スパートした。獣のような声を洩らし、つづけざまに打ち据えたとき、

「イク、イク、イッちゃう……やぁあああああぁぁぁぁぁ、くっ！」

美雪が嬌声をあげて、のけぞり、それから、がくん、がくんと躍りあがった。

「うっ……！」

豊太郎も射精したのだろうか、呻《うめ》きながら震えて、しばらくすると、がっくりと美雪に覆いかぶさっていく。

うつ伏せになった美雪の背中にのしかかるようにして、豊太郎ははあはあと激しく息を荒らげていた。

郁夫は動けなかった。

勃起からは先走りの粘液があふれて、ブリーフを濡らし、指にも粘液が付着している。

隣室を見ると、仰向けになった豊太郎の腕に頭を乗せた美雪が、横臥する形で豊太郎のほうを向いて横たわっていた。

がっちりした体格の古希を迎えた男の胸に、若いが熟れた肢体を持つ女が寄り添うようにして、顔を埋めている。

二人の穏やかな寝息が聞こえてきたのを確認し、郁夫はそっと丸椅子を降りて、部屋に向かった。

3

翌朝、朝食をご馳走になった郁夫は、乗ってきた車に乗り込んで、帰路についた。

三人で朝食を摂《と》る際にも、昨夜自分が閨を覗き見したことで、後ろめたさを覚え、二人とまともに顔を合わせることができなかった。

まさか寝室を覗き見されたなどつゆとも思っていないだろう美雪は、甲斐甲斐しく義父の世話を焼きながら、郁夫にも微笑を振りまき、その姿を目にするだけで、下半身が疼いた。

しかし、自分は家族会議で求められた使命をまったく果たしていない。それどころか、美雪の魅力の虜《とりこ》になってしまっている。

(困ったな……妻にはどう報告すればいいのだろう?)

頭を悩ましながら、車で十分の家に着き、駐車場に車を停める。

義父・豊太郎が所有していた中古の家をリフォームしたもので、見た目にはさほど新築と変わらない。

リフォーム代はさすがに、郁夫がローンを組んで返済しているが、土地と物件はもともとは義父のものだ。

そんな恩恵を受けながらも、妻は父の妻になるだろう美雪をひどく嫌っている。まだ面識さえないのに。女同士の感情の軋轢《あつれき》を男は理解できない。

一階のリビングに入っていくと、オープンキッチンで妻の早苗が食器を洗っている姿が、カウンター越しに見えた。

今日は暑いせいか、ノースリーブのサマーニットを着て、前掛け式のエプロンをつけている。

早苗は現在三十歳。小柄だが、むっちりとした肉感的な体つきをしている。流れるようなセミショートの髪形で、顔は小さく、ぽっちりとした唇が肉感的だった。

結婚した頃は毎晩のように抱いていたが、今は倦怠期に入りつつあるのか、ほとんどセックスレスの状態だった。

「お帰りなさい。美雪さんはどうでした?」

早苗が濡れた手で額に垂れた髪をかきあげるようにして、郁夫を見た。

美雪の名前を出された瞬間に、スイッチが入った。妻を猛烈に抱きたい。こんな気持ちになるのは、ひさしぶりだった。

「……義父さんと美雪さんのことは、あとで話すよ」

郁夫はオープンキッチンに入っていき、早苗を後ろから抱きしめる。

「ちょっと、どうしたのよ？　いやだって……」

「いいじゃないか」

右手でサマーニットをたくしあげ、ブラジャーごと乳房をつかみ、襟足にキスをすると、

「あんっ……ダメだって……どうしたのよ、急に？」

早苗が首をすくめながら、郁夫の手をニット越しにつかんだ。

「夫婦なんだから、いいだろ？」

ブラジャーの柔らかな感触を感じながら、ふくらみを揉みしだき、左手でスカートをめくりあげた。

「ぁああ、ダメよ……」

早苗がぎゅっと尻たぶを絞りながら、蛇口をひねって水道を止める。

「お前が欲しいんだよ」

耳元で囁き、パンティに触れている手をおろしていき、奥に手をすべり込ませ

ると、

「くっ……！」

小柄だが、肉感的な肢体がびくっと震えた。

太腿の締めつけを押し広げるようにして、基底部を指でなぞった。

すべすべしたパンティの感触があり、そのすぐ下で息づいている女の秘苑が柔らかく沈み込む。

「ぁあああ……いや、いや……どうしたのよ、急に……何があったの？」

「何もないよ。ただ、早苗と猛烈にしたくなった。それだけだ」

口ではそう言いながらも、郁夫は気づいていた。

原因は昨夜のあれだ。

美雪と豊太郎の激しい情事を見てから、下半身に性欲が渦巻いていた。

徐々に湿ってきた妻のパンティを後ろからなぞりつづけるうちに、

「あっ……あっ……」

早苗は手の甲を口に押し当てて、声を押し殺しながら、腰を後ろに突き出してきた。

しばらく夫婦の営みはなかったが、早苗だってこうなったら、身体が反応するのだ。あそこを濡らして、男のものを欲しがるのだ。

郁夫は後ろにしゃがんで、スカートと前掛けをたくしあげていく。

シルバーベージュのいかにも人妻らしいパンティが、ゆったりとして大きな尻に食い込んでいた。

尻たぶをつかんで開かせると、

「いやっ……」

と、早苗が尻を引き締めた。

それでも、太腿の奥に食い込んだパンティの一部が濡れてシミになっているのが見えた。

パンティに手をかけて引きおろし、足先から抜き取ろうとすると、早苗は足を交互にあげて、それを助けた。

郁夫が真後ろにしゃがんだまま、尻たぶをひろげると、かわいいアヌスの窄まりがのぞき、女の花園がひろがった。

肉色と鮭紅色がグラデーションをなす粘膜がのぞき、そこに舌を走らせると、

「ああん……！」

早苗は甘えたような声をあげて、顔をのけぞらせる。

（そうか……早苗もこんな色っぽい声を出せたんだな）

そう感じてしまうのは、郁夫がいつも以上に昂っていて、エッチな気分になっているせいだろう。

左右の尻たぶをひろげながら、潤みの底を舐めた。

妻のこぶりの陰部を舌がぬるっ、ぬるっとすべっていき、

「ぁああ……あうぅぅ……」

早苗はキッチン台につかまりながら、背中を反らせる。

そして、もっと舐めてとでも言うように尻を後ろに突き出して、ゆらゆらと誘うように振る。

早苗もその気になっている。

（一気に挿入してしまおうか……）

だが、その前にやってほしいことがあった。

郁夫はクンニをやめて、早苗をこちらに向かせ、ズボンとブリーフを脱いだ。

イチモツがいつにない角度でそそりたっているのを見て、驚いたのだろう。

「どうして、こんなになってるの？」

早苗が不思議そうに言う。

「……早苗としたいからだよ。決まってるじゃないか……頼む。口でしてくれないか？」

少しためらってから、早苗は前にしゃがんだ。

臍を打たんばかりの肉柱をおずおずと握り、その硬さを確かめるようにゆっくりとしごいた。

それから、唇を窄めるようにして亀頭部にキスをし、鈴口をちろろちと舐める。

それだけで、イチモツがびくっと頭を振った。

最近はなかった反応に、早苗は驚いたようだったが、すぐに顔を傾けて、横を舐めあげてくる。亀頭冠の裏に舌を走らせると、そのまま頬張ってきた。

「くっ……！」

湧きあがる快美感に、郁夫は呻く。

これほどの快感を覚えるのはいつ以来だろう？　これも、昨夜の情事を盗み見たせいなのだろうか？

妻の柔らかな唇が勃起の表面をゆっくりと這いおりていく。

途中からあがってくる。

唇と舌が亀頭冠にまとわりついてきて、ぐっと快感が高まった。

夫の高まりを早苗も感じるのだろう。根元を握って、しごきながら、同じリズムで唇を往復させる。

「ぁあああ、くっ……！」

下半身が蕩けるような愉悦に、郁夫は天井を仰ぐ。その間も、手指と唇が小刻みに動いて、ギンとしたものをしごいてくる。

下を見た。

早苗が鼻と唇の間を伸ばしながら肉柱を頬張り、ゆったりと顔を振っている。

それから、手を離して、口だけで頬張ってきた。

両手で郁夫の腰をつかみ寄せ、ぐっと奥まで咥えて、そこから唇を引きあげていく。頂上まで来て、また根元まで唇をすべらせる。

それを繰り返されて、郁夫は我慢できなくなった。

「いいよ。ありがとう。早苗のなかに入りたい」

そう言って、早苗にまた背中を向けさせ、腰を後ろに引き寄せた。

スカートをまくりあげると、ぷりっとした尻がこぼれでた。

尻たぶの谷間に沿って屹立をおろしていき、ぬらついている箇所に押し当てて、ゆっくりと腰を突き出していく。

硬直が熱い祠《ほこら》に押し入っていく感触があって、

「はうぅ……！」

早苗がシステムキッチンをつかんで、顔をのけぞらせる。

もっと深く挿入したくなって、背中を押すと、早苗は背伸ばしのストレッチをするような格好になって、

「ぁあああ……」

悩ましい声をあげた。

いきりたつものが妻の膣を深くえぐって、いつも以上に熱いと感じる粘膜がぎゅ、ぎゅっと分身にからみついてきた。

郁夫はひたすら、女の膣に打ち込みたかった。

そのいささか暴力的な衝動がどこから来るのか、郁夫にもよくつかめない。もしかしたら、妻に美雪の姿をダブらせているのかもしれない。

（美雪を突きまくって、よがらせたい……！）

後ろに突き出された腰を両手でつかみ、引き寄せながら、激しく腰をつかった。

ぷりっとした白い尻の底に、ギンギンになったものが送り込まれ、下腹部が尻にぶちあたって、乾いた音を立てる。

「あっ……あっ……あっ……」

早苗は声をあげながら、キッチン台を必死につかんでいる。射し込んでいる朝の陽光に尻が白々と浮かびあがり、その尻の底にぬめ光るイチモツが出入りして、ねちゃねちゃと淫靡《いんび》な音を立てる。淫らな粘液がすくいだされて、ツーッと内腿を伝っていく。

郁夫は早苗を見ているようで、じつは、壺井美雪を相手にしているのかもしれない。

目を瞑《つむ》ると、瞼《まぶた》の裏に、義父に後ろから突かれて、昇りつめていった美雪の姿がくっきりと像を結んだ。

その瞬間、一気に郁夫は追い詰められた。

「おおぅ、出そうだ！」

「まだよ、まだ……」

「我慢できない。そうら、いくぞ。出すぞ！」

たてつづけに打ち込んだとき、

「うっ……！」

郁夫は放っていた。

早苗はがくん、がくんと痙攣しているが、気を遣《や》ったかどうかはわからない。昨夜から十二分に溜め込まれていた精液が迸り、郁夫は天井を仰ぎながら、その絶頂感に酔いしれた。

硬さを失った分身を抜くと、早苗はキッチンの床にしゃがみ込んだ。しばらくそのままじっとしていたが、立ちあがってキッチン台に置いてあったティッシュボックスからティッシュを抜き出して、それで太腿の奥を拭いた。パンティを穿いて、飲み物を二つ用意し、キッチンテーブルの前の椅子に腰をおろした。

「お父さんと美雪さんはどうだったの？ 一晩泊まったんだから、様子はつかめたでしょ？ どうだったの？」

今のセックスのことにはいっさい触れずに、問い詰めてくる。おそらく、気を遣っていない。だから、こんなに冷静に話すことができるのだ。早苗は夫とのセックスに何の感慨も覚えていないのだろう。

自分の非力さを痛感しながら郁夫もキッチンテーブルの正面の席に座って、様子を伝える。

「怒らないでくれよ。正直に感想を言うと……二人はいい感じだった。お義父さんは美雪さんにべた惚れって感じで……」

「そんなことはわかってるわよ。父が彼女にべた惚れしてるなんて、見なくてもわかるわよ。そうじゃなくて、美雪さんはどうだったかって聞いているのよ」

早苗が眉をひそめた。

「美雪さんは……そんなに悪い人には見えなかったな。財産狙いと言うより、彼女も普通にお義父さんに惚れているって感じだった。いろいろと話したけど、ご両親を事故で亡くして、自分も東京の会社で居場所がなくて、故郷に戻ってきたらしい。K不動産で働いているときに、お義父さんに見初められたみたいだし……彼女もお義父さんが救いになっているんじゃないかな」

郁夫が素直に感想を述べると、早苗の表情が険しくなった。

「その女に騙されているのよ！　不幸な女を装って、同情を買おうとしているのよ。女が男を味方にするときの、常套手段じゃないの。そんな簡単なことも見抜けないのかな？」

早苗がいきりたった。

「だったら……自分で逢いにいけばいいじゃないか」

郁夫は居直って、言う。

「……たく、使い物にならないわね。ミイラ取りがミイラになったんじゃ、しょうがないじゃない」

そうやって郁夫をにらむ早苗は、ついさっき郁夫とのセックスであんあん喘いでいた同じ女とは到底思えない。

「お父さんは何て言ってた？」

苛立ちを抑えて、早苗が訊いてくる。

「……娘たちはどうせ結婚に反対するだろうが、俺は絶対にこの人と結婚するって……」

「何よ、それ……完全に骨抜きにされてるじゃないの！　二人はセックスしてる感じだった？」

訊かれて、郁夫は言葉に詰まった。

まさか、二人の情事を実際にこの目で見たとは言えない。

「してるだろうね……」

「それだけ、美雪さんは色気があるってこと？」

「……どうだろうね。あるんじゃないか……そんな美人じゃないけど、何か、男好きがするからね」

口がすべった。言うべきではなかったと思ったが、もう遅かった。

「なるほど……美雪さんに発情して、帰ってきてすぐにわたしを抱いたのね。そうなんでしょ？」

「バカな……違うよ。そうじゃない。それほどの女じゃないよ」

郁夫は自己保身のために、ウソをついた。

「そうじゃなくて、帰ってきて、キッチンに立っている早苗を見て、その気になったんだ。その……ノースリーブのニットが色っぽくて……」

これはそれなりに、早苗の女心を満たしたようだ。

「……まあ、いいわ。とにかく、また家族会議を開いて、作戦を練らなくちゃね。結婚されてからでは、遅いもの」

そう言って、早苗はテーブルの上にあるミネラルウォーターのコップに口をつけて、こくっ、こくっと飲んだ。

第二章　禁断の果実

1

その日、郁夫は自分が勤めているS支店の扱う物件のことで、本店を訪れた。自社ビルのフロアがあるひろいオフィスで、ひさしく動かない物件について、本店社員と今後の処理を話し合っていると、壺井美雪が社長室へと入っていく姿が見えた。

ドキッとした。

美雪は、ブラウスにチェックのベストといううちの制服を着ていたが、タイトスカートにはサイドに深いスリットが入っていて、すべすべした太腿がのぞいていた。

（うちの女性社員の制服のスカートには、スリットなど入っていないはずだが）

郁夫は頭をひねる。

美雪は現在、寺島豊太郎の秘書をしているから、きっと、豊太郎がそのエロチックなスカートを穿かせているのだろう。

社長をしていても、そばにこんな色っぽい秘書がいれば、絶対に仕事に精が出るだろう。

あの夜の二人の情事を見ているがゆえに、豊太郎は気が向いたときには社長室で美雪の身体を貪っているのではないか、と思った。

美雪が窓辺に後ろ向きに立ち、そのスカートをまくりあげて、豊太郎が後ろから立ちバックで貫いている。

そして、美雪はブラインドに手を添えながら、腰を突き出して、洩れそうになる声を押し殺している……。

ついついそんなシーンを想像してしまい、

（ダメだ。何を勝手に妄想しているんだ……！）

郁夫は自分を戒める。

昼休み前になり、社員との打ち合わせを終えた郁夫がオフィスを出ようとしたとき、

「楠本さん、ランチをご一緒しませんか？」

声のほうを振り向くと、美雪が立っていた。

いつものように謎めいているが、どこか隙のある、セックスの匂いがする微笑を唇にたたえている。

「よろしいですが……社長は大丈夫なんですか？」

「はい。社長が楠本くんが来ているようだから、ランチでも一緒にして来なさいと……」

義父が自分が本店に来ていることを知っていることに驚いた。自分のことなど気にかけていないと思っていたのに。

（たぶん、俺を自分たちの味方に取り込みたいからだろうな……）

魂胆がわかっていても、美雪との食事は気持ちが弾む。

「そうですか……でしたら、ご一緒させてください」

「近くに美味しい定食屋さんがあるんですよ。行きましょうか」

美雪が前を歩いていく。

すらりとしているが、尻は格好よく張り出している。

美雪を仕事の現場で見るのは初めてだが、先日、寺島家で見たときとは違い、きりっとして、仕事のできる女のオーラを放っていた。その場所によって、雰囲気を変えられる女はすごい。まわりの空気を察知して、そこに溶け込んでいく能力があるのだ。

(たいしたものだな。義父が夢中になるのもわかる)

二人は歩いて十分の定食屋に入っていき、向かい合わせに座る。

とても庶民的な店で、店員も少なく、自分たちで水を持ってこなくてはいけなかった。

郁夫は率先して席を立ち、水をコップに注ぐ。戻ってくるときに、椅子に座っている美雪の太腿が見えた。

足を組んでいるので、左側のスリットから長くむちむちとした太腿が際どいところまでのぞいてしまっている。

周囲を見ると、数人の男もやはり気になるのか、さり気なく、美雪の太腿に視線をやっている。

決して飛び抜けた美人でも、グラマーでもないのに、美雪は一瞬にして、この店の男を虜にしてしまっている。しかも、顔はいつもの微笑をたたえているのだ。

郁夫が席に戻り、メニューを見ていると、美雪が言った。

「ここは、Aランチがお勧めです」

いちばん安い、アジのフライがメインのオーソドックスな定食だった。

「じゃあ、俺もそれにします」

「Aランチ二つお願いします」

美雪が手をあげて店員を呼び、オーダーをした。

すぐに、定食がやってきて、アジのフライを口にした。

「美味しい……！　確かに、美味しいですよ」

郁夫が言うと、美雪の顔がほころんだ。

そして、とても美味しそうにアジのフライを食べる。

庶民的で、いい女だと思った。

店でいちばん安い定食をにこにこして、口にしている。

その姿からは、この女が義父の財産目当てに結婚を考えているとは、とても思えない。

ランチを食べ終え、まだ時間があるというので、二人は近くの公園に行った。

ベンチに座って、のんびりと鳩が集まってくるのを眺めていると、気持ちが安らぐ。

「楠本さんも、たいへんですね。奥さまと社長の板挟みになられているのかと」

美雪が眉をひそめて、郁夫を見た。

「……平気ですよ」

「奥さまは何か言っていらっしゃいました?」

「どうしても、再婚には反対みたいですね」

「そうでしょうね……」

美雪が目を瞑った。

その悲しそうな横顔に見とれた。

美雪は公園のベンチで足を揃えて、斜めに流している。その横のスリットから肌色のパンティストッキングの光沢を放つ太腿がほぼ見えてしまっている。

(自分は、お二人の結婚に賛成です)

そう口にしかけて、呑み込んだ。

気持ちは完全にそちらに傾いているが、今ここで口にしていい言葉ではなかった。

「そろそろ時間ですね。行きましょうか？」

美雪が立ちあがり、郁夫も腰を浮かせる。

会社に向かい、郁夫は自社ビルの前で立ち止まって、美雪を見た。

「では、俺は支店に戻りますから」

「ありがとうございます、つきあっていただいて……楽しかった」

向かい合う形で、美雪が郁夫の腕をぎゅっとつかんだ。

触れているところから、甘い電流のようなものが伝ってくるのを感じながら、

「俺もです……」

郁夫はドギマギして答える。

「それでは……」

美雪はくるりと踵を返して、ビルの玄関に姿を消した。

2

四日後、郁夫はふたたび寺島家に車で向かっていた。

先日、開かれた家族会議での総意を、郁夫が代表として二人に伝えることが任

務だった。

　すでに約束はしてあった。

　二人が夕食を終えた午後七時に、郁夫は家を訪ねた。家族会議の総意を伝えると言ってあるせいか、美雪にも緊張の色がうかがえた。

　居間に通されて、待っていると、美雪と義父の豊太郎が現れた。

　豊太郎は恰幅のいい体をソファにおろし、その隣に美雪が座った。

　シンプルなブラウスにスカートという清楚な格好をしている。ちらちらと豊太郎をうかがう視線は不安げで、この人を苦しめることがつらい。

「お前ら、家族会議とやらを開いているんだな。ご苦労なことだ……で、その総意とやらを聞かせてもらおうか」

　豊太郎が機嫌悪そうに言った。

　郁夫はびびった。ほんとうは、義父であり、社長でもある豊太郎を怒らせたくはない。だが、郁夫自身婿に入った身である。妻の機嫌も損ねたくはない。

　それに、義理の妹に、『お義兄さんしかいないんです』と頼られると、いやとは言えなかった。圧倒的に損な役割であることはわかっているのだが……。

「総意と言いますか……。私も義理の弟も、男ですし、お義父さんのお気持ちはわかっているつもりです。ですが、妻と義理の妹が頑《かたく》なで……その、お二人の結婚には反対であると……それを伝えてくれと言われまして」

我が身かわいさに、自分を護りながら、言うべきことは伝えた。

「で、それがどうした？」

「……」

「そんなことは最初からわかっていたことじゃないか。だいたい、これまで何不自由なく育ててもらったくせに、よく、そんな恩知らずなことが言えるな。お前たちがどう言おうと、この人と結婚をする。そんなにいやなら、金輪際、親子の縁を切る。お前らには、財産も残さん。そう伝えてくれ」

憤慨して席を立とうとした豊太郎を、美雪が止めた。

「あの……今度、奥さまと妹さんに逢えませんか？　そのときに、わたしがきちんとお話しします」

「そうですよね。私もそれがいいと思います。妻にそう伝えておきます」

郁夫は渡りに舟とばかりに、その案に乗る。

このまま行けば、親子断絶にもなりかねない。そうなったら、目も当てられない。それは絶対に避けたい。

「では、そろそろ……」

郁夫は居づらくなって腰をあげた。と、豊太郎が言った。

「もう帰るのか？」

「はい……一応」

「さっきは悪かったな。言いすぎた。どうだ、呑んでいかんかね？」

豊太郎が唐突に誘ってきた。

「そうしたいんですが。妻にすぐに帰ってきなさいと言われていまして……」

「楠本くんは、社長よりも妻を取るんだな。それで、いいんだな？」

豊太郎ににらまれると、逆らえなかった。

「いえ、そういうわけでは……」

「じゃあ、いいじゃないか？　明日は休みだと聞いているぞ。この前はなかなか楽しかった。呑んでいきなさい……美雪、酒の用意をしてくれ」

美雪が席を立ち、去り際に郁夫を見て、顎を引くようにうなずいた。

それが何を意味するのか、はっきりとしなかった。だが、その瞬間、二人の間に共犯意識のようなものが芽生えたのは確かだった。

美雪が酒の用意をする間に、郁夫は早苗に電話を入れた。

豊太郎に結婚には反対であることを伝えたところ、義父は怒って、もう親子の縁を切るし、財産はやらないと言っていたこと。さらに、美雪さんが早いうちに、早苗と菜月に逢って話をしたいと言っていることを告げた。それから、義父に誘われて、呑んでいくから遅くなることを話すと、

『懐柔されないでよ。あなたを味方にしたいに決まっているんだから。なるべく、早く帰ってきてよ』

早苗が言って、「わかった」と電話を切った。

「さっさと帰ってきなさい」と早苗が高圧的にならなかったのは、親子の縁を切るという父の脅しが効いているのだろう。

（こんなとき、自分に何ができるのだろう？）

そう考えながら、和室で義父とともに酒を呑んだ。

豊太郎ももう古希を迎えながらも、K不動産の社長として采配をふっている。その疲労はあるはずで、すぐに酔って、

「娘たちはどうして俺の気持ちがわからんのかなぁ……寂しいよ。あんたもそう思うだろう？」

と、赤くなった金壺眼を向ける。

郁夫にもその気持ちはよくわかった。嫌われないように同意をし、

「美雪さんのおっしゃるように、実際にお逢いになって話をすれば、妻たちの気持ちも変わるんじゃないでしょうか？」

などと、話しているうちに、豊太郎がまた、こくり、こくりと舟を漕ぎはじめた。やはり、そうとう酒に弱くなっている。

二年前の結婚式では、浴びるように酒を呑んでいても、矍鑠《かくしやく》としていたのに。

義父の老いを感じた。

「そろそろ休みましょう」

と、美雪が豊太郎を連れて、部屋を出る。

しばらくして、美雪が和室に戻ってきた。

「すみません。自分から誘っておいて、酔いつぶれてしまって……」

隣に座った美雪がお酌をしながら、申し訳なさそうに言う。

「いいんですよ。俺もお義父さんと呑める機会があって、よかったですよ」

などと、二人で呑みはじめたとき、ケータイに電話がかかってきた。早苗からだった。

『いつまでお世話になっているのよ。帰ってきなさいよ』

ケータイから妻の苛立った声が聞こえる。

「わかった……呑んでるから、タクシーで帰るよ」

そう言って、郁夫は電話を切った。

「申し訳ないですが、タクシーを呼んでもらえませんか？　そろそろ帰らないと……」

立ちあがろうとしたとき、

「帰らないでください」

美雪に腕をつかまれた。その猫に似た、目尻のスッと切れた瞳が今にも泣き出さんばかりに、潤んでいた。

郁夫はストンと腰を落とす。

「助けてください」

そう言って、美雪がしなだれかかってきた。胡座《あぐら》をかいている郁夫の下半身に顔を乗せるようにして、

「どうしていいのかわからないんです。こんなに豊太郎さんのことが好きなのに、みんな、わたしを白い目で見るのよ……財産目当てだって。違うのに。違うんで

す」

うっ、うっと喉を詰まらせて、ぎゅっと膝にしがみついてくる。

郁夫はもらい泣きしそうになって、気づいたときは頭を撫でていた。

(可哀相に……)

かるくウエーブした髪はさらさらで、撫でていても頭の形がわかるほどに柔らかい。

「助けて……頼れるのは、あなたしかいないんです」

そう涙声で言われると、熱いものでジーンと胸が満たされた。いや、満たされたのは胸だけではない。下腹部のものが力を漲らせて、ぐんと頭を擡げてきた。

それに気づいたのか、美雪がゆっくりと顔をあげた。

その手はズボンの勃起に添えられている。

「助けて……味方になって」

美雪の顔が近づいてきた。

あっと思ったときは、キスされていた。

とっさのことで、どうしていいのかわからない。その間にも、ふっくらとして赤い唇が押しつけられ、ズボンの股間を撫でられる。

（ダメだ。相手は義父の結婚相手なんだぞ。俺の義母になるかもしれない女なんだ……。美雪さんは俺を味方につけようとして、こんなことを……絶対にダメだ。ダメだ。ダメだ……）

キスを拒んで、逃れるべきだ。

だが、魅入られてしまったように体が動かない。それどころか、勃起から逆らいがたい快感がふくれあがってくる。

身体を預けられて、後ろに倒れた。

座布団と畳に仰向けに寝た郁夫に、美雪はキスをつづけたまま、右手で股間をさすりあげてくる。

柔らかな唇が重なり、なめらかな肉片が郁夫の唇を舐めてきた。

美雪は舌で唇をなぞりながら、ズボンの股間を情熱的にさすり、ズボンを突きあげたものを握るようにして、しごく。

（くうぅ……！）

下腹部からうねりあがる快感は、ハンパではなかった。

体が勝手に反る。

と、美雪は唇を離して、涙ぐんだ瞳でじっと郁夫を見た。

「あなたが好きです。お逢いしたときから……」

「えっ……？」

「こんな気持ちになるのは初めてなんです」

「でも……あなたにはお義父さんが……」

「豊太郎さんは大好き……でも、郁夫さんはもっと好き……」

美雪はそう言って、はにかんだような笑みを口許に浮かべ、また顔を寄せてきた。

ちゅっ、ちゅっとついばむようなキスをして、唇を重ねてくる。そうしながら、ズボンのベルトを巧みにゆるめ、ズボンとブリーフのなかに右手を差し込んできた。

冷たい指先がじかに触れて、郁夫は「うっ」と唸る。

ほっそりして長い指が肉棹にからみついてきた。かるく握られて、ゆっくりと上下に擦られる。

美雪が郁夫を義父よりも好きになるはずがない。自分が女にモテないことはよくわかっている。

（これは罠だ……美雪さんは俺を味方に取り込みたいんだ。それで……だけ

ど、ぁあああ、気持ちいい。蕩けていくようだ）

キスをつづけながら、美雪はワイシャツのボタンを上からひとつ、またひとつと外していく。

外し終えて、下着をたくしあげると、胸板にキスをしてきた。

ぞわぞわっとした戦慄が流れて、全身が粟立つのがわかる。押し流されそうになって、郁夫は最後の理性を振り絞った。

「お義父さんに見つかります。そうなったら俺は……」

「大丈夫。豊太郎さんは眠ったら、まず三時間は絶対に起きないわ。だから、大丈夫」

「いや、しかし……」

「そんなに心配？」

「ああ……」

「じゃあ、来てください」

美雪が立ちあがって、歩き出す。

郁夫もそのあとをついていった。

3

階段をあがっていき、部屋のドアを開けて、なかに入る。

美雪が言った。

「ここは、以前に早苗さんが使っていた部屋で、他は整理してあるけれど、ベッドは当時のままですって……」

美雪が言って、室内を見た。

部屋は整理整頓されていて、余分なものは置いてない。そのがらんとした部屋の壁際にセミダブルのベッドが置いてあった。

かわいらしいベッドカバーがかけられている。

(ここが、早苗の使っていた部屋か……)

妻が暮らしていた部屋なだけに、興味はある。しかし、それ以上に、妻が使っていた部屋で美雪を抱くことに抵抗があった。

「後ろめたいですか？」

郁夫の気持ちを察したかのように、美雪が訊いてくる。

「ええ、少し……」

「ゴメンなさい。でも、この部屋がいちばん安全なんですよ。豊太郎さんは絶対にここには来ないから」

やはり、もともと豊太郎と早苗は上手くいっていなかったのだろうか？　そう言われると、郁夫もしょうがないかという気持ちになった。

美雪はベッドカバーを外して、郁夫に座るように言う。

郁夫がエッジに腰かけると、美雪は部屋を暗くし、枕明かりだけ点けて、前にしゃがんだ。

「ここなら、まず大丈夫ですから」

見あげて言って、郁夫のズボンとブリーフを足先から抜き取っていく。

郁夫がワイシャツを脱ぐと、美雪もブラウスに手をかけて、ボタンを外し、肩から落とした。

薄いピンクの刺しゅう付きブラジャーが、こんもりとした胸のふくらみを押しあげていた。スレンダーだが、それゆえに胸の大きさが目立つ。

美雪は郁夫の視線を意識して、胸を隠すようにしながらも、いったん立ちあがって、スカートをおろしていく。

薄いピンクの下着姿になって、郁夫の前にしゃがんだ。

臍を打たんばかりにいきりたつものを見て、

「立派ですね」

郁夫を見あげて言い、根元を握った。

てかる亀頭部にちゅっ、ちゅっと窄めた唇を押しつけ、尿道口を舌で小刻みになぞる。先の細くなったなめらかな肉片がちろちろと鈴口をなぞり、

「うっ……！」

郁夫は唸る。くすぐったさと紙一重の快感が走り、天井を見あげた。

信じられなかった。

義父の結婚相手が自分ごときのおチ×チンを舐めているのだ。

これは絶対にしてはいけないことだ。倫理的なもの以上に、義父にばれたら、自分の人生は終わる。だが、世の中には頭ではわかっていても、抗することのできないことがあるらしい。

美雪はいったん根元まで頬張って、二度、三度と唇を大きくすべらせる。郁夫が快感に唸ると、ちゅぽっと吐き出した。

唾液で濡れた勃起を腹に押しつけ、裏のほうを舐めてくる。

何度も舌を走らせ、それから、根元のほうから裏筋に沿って、ツーッ、ツーッと舌をすべらせる。

舐めあげられて、ぞくぞくっとした快感が走り、分身がますますギンとしてくるのがわかる。

すると、美雪は髪をかきあげながら、見あげてにこっとした。

その小悪魔的な笑みに、郁夫は悩殺される。

美雪は亀頭冠の真裏に舌をとどまらせて、敏感な箇所を念入りに舐めてくる。れろれろっと舌を横に振り、縦に使い、頬張って、なかで舌を躍らせる。

（ああ、これは……！）

郁夫はもたらされる快感におののいた。

豊太郎との一夜《ひとよ》の情事を盗み見て、美雪はセックスの達者な女だと感じた。今こうしてフェラチオを受けてみて、やはり、この人はセックスでも義父を虜にしたのだと思わざるをえない。

美雪が上から頬張ってきた。

ギンとしたものを途中まで咥え、上下に唇をすべらせる。ゆったりとしているが、その分、唇の柔らかな圧迫を感じる。

それだけではない。つるっとした舌がからみついてきて、裏側をねろり、ねろりとあやしてくる。

「おっ、あっ……ぁああ、たまらない」

思わず呻くと、美雪はいったん吐き出して、自ら背中に手をまわしてホックを外し、ブラジャーを肩から抜き取った。

それから、尻に張りついているパンティを両手で引きおろしていく。

一糸まとわぬ姿になって、ちらりと見あげてきた。

その羞恥心を抱きつつも、どこか自分の裸身を見せることの悦びを感じているような目が、こたえられなかった。

この人は普段はやさしく、利発だが、セックスとなると、小悪魔的な一面をのぞかせる。

はにかんで、顔を伏せ、上から頬張ってきた。

床のカーペットに全裸で膝を突き、両手で郁夫の腰や太腿をなぞりながら、ゆったりと顔を打ち振る。

その絶妙な圧迫感と舌づかいは、これまで郁夫が受けたフェラチオのなかでもいちばんという気がした。

妻も一生懸命頑張ってくれる。だが、テクニックが違う。気づかいが違う。

ゆっくりとした動きがどんどん活発になり、美雪は右手で根元を握る。

五本指で屹立をしごきながら、それと同じリズムで唇をすべらせる。

ぐちゅ、ぐちゅと唾液が擦れる音がして、

「ぁあああ……」

美雪は吐き出して悩ましく吐息を洩らすと、顔を左右に振って、ぷるるんとした唇で亀頭部をもてあそぶ。

屹立をぎゅっ、ぎゅっとしごきながら、左手で髪をかきあげて、郁夫をとろんとした顔で見あげてきた。

「気持ちいいよ、すごく……」

郁夫が言うと、美雪は微笑んで、ぐっと姿勢を低くした。

(何をするんだ?)

次の瞬間、美雪は皺袋に舌を伸ばした。

屹立を持ちあげて、舐めやすくなった睾丸を赤い舌をいっぱいに出して、なぞりあげてくる。

舌が縦横無尽に走りまわり、陰毛が唾液に濡れる。

もじゃもじゃの陰毛さえ気にならない様子で、美雪は下から睾丸袋を丁寧に舐めあげる。

（ああ、こんなことまで……！）

妻の早苗さえしてくれないことを、美雪は一生懸命にしてくれる。

次の瞬間、美雪の口に睾丸が吸い込まれていた。左側のキンタマを頬張り、なかで舌をからませてくる。

その間も、屹立を握りしごき、

（どう、こんなこともできるのよ）

というような、きらきらした目で郁夫を見あげてくる。

郁夫が呆然としている間にも、美雪は目で微笑み、睾丸をちゅるっと吐き出し、つづけて、もう一方の睾丸を口に吸い込んだ。

キンタマを口腔で包み込みながら、舌をからませて、かるく吸う。

陰嚢が伸びて思わず呻くと、美雪はにこっとして吐き出し、そのまま裏筋をジグザグに舐めあげてきた。

裏筋の発着点を集中的に舌であやしながら、根元にまわした指で強弱をつけて肉棹を握る。

それから、顔を傾けて、亀頭冠の周囲をぐるっと舐め、カリの張りを弾くように舌でもてあそぶ。

郁夫の分身はいまだかつてなかったほどの角度でいきりたち、はち切れんばかりに怒張する。

（そうか……この献身的な愛撫のお蔭で、義父はあれが勃つんだな）

古希の男にとって、フェラチオは最高の贈り物だろう。なかなか勃たないだろうものを勃たせてくれる。

こういう女は何があっても手放したくないはずだ。

そして、美雪は今、義理の息子になる郁夫をも虜にしようとしている。

郁夫を味方につけたいのだ。わかっているが、この快感に逆らえる男などこの世にいやしない。

美雪がまた唇をひろげて、イチモツを咥え込んだ。

手を放して、口だけで頬張ってくる。上から下まで、ゆっくりと大きなストロークでしごいてくる。

ぐっと根元まで咥え込んで、もっとできるとばかりに唇を寄せる。陰毛に唇が接するほどに奥まで招き入れ、そこで、ぐちゅぐちゅと舌をからませてくる。

チューッと吸われて、真空状態のなかで亀頭部がふくれあがっていくような快感に、郁夫は唸る。

美雪の頬がぺこりと凹み、頬骨が浮き出ている。

「ぁあああ……！」

あまりの快感に、郁夫は天井を仰いだ。

甘い陶酔感がジンとした痺れに変わる。

すると、美雪は根元をしなやかな指で握りしごき、亀頭冠を中心に唇をすべらせた。

気持ち良すぎた。

射精前に感じる熱い塊がひろがってきて、

「ぁあああ……！」

郁夫は射精寸前で、美雪の動きを制した。

4

郁夫はベッドに仰向けに寝た美雪のあらわになった乳房を揉みながら、そのトップにしゃぶりついている。

直線的な上の斜面を下側の充実したふくらみが押しあげている乳房は、おそらくDかEカップくらいだろう。スレンダーなだけに乳房の大きさが際立ち、そのアンバランスさがエロかった。

しかも、ふくらみのやや上についた乳首は透きとおるようなピンクで、適度なひろさの乳輪も相まって、これ以上の乳房はないように思える。

すでに硬くしこっている乳首を舌で上下左右に弾くと、

「んっ……んっ……ぁあああうぅ……」

階下で眠っている豊太郎のことを気にしているのか、美雪は手の甲で口を覆いながら、押し殺した声で喘ぐ。

突きあがった顎と首すじのラインが色っぽい。

郁夫にも、絶対にしてはいけないことをしているという怯えはあった。しかし、美雪の放つ官能美は圧倒的だった。

もう片方の乳房も揉みしだきながら、淡いピンクの突起を舐め転がし、かるく吸った。

「はうぅ……！」

美雪はのけぞりながら、激しい声を洩らして、そのあふれてしまった声を手のひらを口に当てて封じる。

その必死に喘ぎ声を押し殺している美雪の様子が、いっそう郁夫の欲望をかきたてた。

顔を胸からおろしていく。

引き締まった腹部の下のほうに、細長い形をした恥毛がそそけ立つようにして繁っていた。

その濃い陰毛に、美雪の秘めている欲望の強さを感じつつ、足の間に腰を割り込ませる。

クンニしやすくするために、枕を腰の下に入れて、足を持ちあげた。

ぐっと腰があがり、美雪の花園があらわになる。

色素沈着は薄いが、ぽってりとしたいかにも具合の良さそうな肉びらがわずかに開いて、鮭紅色の内部が顔をのぞかせていた。

そこは、妖しいと感じるほどにぬめ光り、おびただしい粘液が噴きこぼれている。

下のほうから舌を這わせると、ぬるっとしたものが舌にからみついてきて、

「あっ……！」

美雪はびくんと腰を撥ねさせる。

両手で膝を開かせておいて、狭間をつづけざまに舐めあげる。

「ぁあああ、あああ……いいのよ、いいの……はうぅぅぅぅ」

感じていることをあらわにして、美雪は自分から恥丘をせりあげて、擦りつけてくる。

そのあからさまな動きに、美雪の強い性欲を感じて、郁夫はますますいきりたつ。

舌を上へと走らせ、その勢いのまま、上方の肉芽をピンと弾いた。

「はうぅ……！」

美雪はがくんと震えて、顔をのけぞらせる。

やはり、クリトリスがもっとも感じるのだろう。

そこを下から上へと舐めあげるうちに、美雪は小刻みに震えはじめた。体をびくつかせながらも、もっと激しくと言わんばかりに下腹部をせりあげ、恥丘を擦りつけてくる。

郁夫はいったんクリトリスを離れ、下のほうの膣口に舌を這わせる。

ぐにゃりと沈み込んでいく膣口に必死に舌を差し込んで、出し入れをする。

すると、美雪の気配が変わった。

「ぁあああ、ゴメンなさい。我慢できない」

郁夫の頭部をつかんで、股間に押しつけ、

「ぁああ、欲しい。欲しいんです」

ぐいぐいと濡れ溝を擦りつけてくる。

郁夫も挿入したい。はち切れんばかりの分身を美雪のここにぶち込みたい。

顔をあげて、いきりたちの切っ先を割れ目になすりつける。美雪は自分で足を開いてくれている。

粘液まみれのところにもっとも柔らかな窪みがあって、そこめがけて、勃起を押し込んでいく。

とても窮屈だった。

だが、いったん亀頭部が狭い入口を突破していくと、あとはぬるぬるっと嵌まり込んでいって、

「あうぅぅ……！」

美雪が口を手で押さえながら、のけぞり返った。

「おお、くっ……！」

と、郁夫は奥歯を食いしばる。キツキツでしかも、潤みきった粘膜がざわめくようにしてからみついてくる。

これほどに、窮屈さととろとろ感を備えたオマ×コは初めてだった。

膝の裏をつかんで押しあげながら、腰をつかってみた。

蕩けたようなオマ×コが勃起にからみついてきて、すぐに射精しそうになり、ピストンを中断する。

足を放して、覆いかぶさっていく。

すると、美雪はそれを待っていたとでも言うように、郁夫を両手で抱きしめて、唇を合わせてくる。

濃厚なキスとともに、舌を自分から入れて、舌にからめてくる。

よく動く舌が巧妙になぞってくる。まるで舌自体が独立した生き物のように、自在に動きまわる。

しかも、その間も美雪の膣はくいっ、くいっとうごめいて、イチモツを締めあげてくるのだ。

郁夫は腰をつかっていた。つかわされている感じだった。

キスをしながら、かるく抜き差しをすると、美雪は両足を腰に巻き付けて、

「んっ……んんんっ……んんんっ……」

合わさっている唇から、くぐもった声を洩らし、もっと深くにと言わんばかりに郁夫の腰を引き寄せる。

美雪は想像以上に貪欲だった。というより、自分の肉体の欲求に正直なのだろう。

これ以上ピストンすると放ってしまいそうで、郁夫は腰の動きを止め、キスをおろしていき、乳房の先を舐めた。

首を折り曲げて、形よく盛りあがった胸のふくらみを揉みしだき、そのトップに舌を走らせる。

横に弾くと、カチカチになった乳首も揺れて、

「ぁあああ、あああうぅぅ……」

美雪は片手を口に添えて声を押し殺しながらも、下腹部をぐぐっと持ちあげる。

挿入が深くなり、しかも、膣の粘膜が波打つように締めつけ、さらに、勃起を奥へ奥へと手繰りよせようとする。

こんなに如実に、膣のうごめきを感じたことはなかった。

郁夫は左右の乳首を舐めて、上体を起こした。

そのまま腕立て伏せの形で、慎重に腰をつかった。

少しは膣の窮屈さに慣れてきたのか、それとも、膣の潤滑さが増したせいか、先ほどまでの射精感はやってこない。

ほぼ真下にある美雪の表情を見ながら、じっくりとストロークをした。

「あんっ、あんっ……ぁあああぁぁぁ……いいの。感じる……感じます……ぁあああああうぅぅ」

美雪は顔を右に左に向けて、悦びをあらわにしている。

眉根を寄せて「あっ、あっ」と声を洩らす美雪の横顔がセクシーでかわいい。乱れたウエーブヘアがその顔や肩口にまとわりついて、官能美がむんむんと匂い立つ。

セックスをしていて、これほどの興奮を感じたのは、いつ以来だろうか？

妻とのセックスも悪くはないが、官能の深さが違う。

美雪という女に、自分のエネルギーが吸い取られていくようだ。心も体もからめとられていくようだ。

あの夜、後ろ向きに義父にまたがって、足を舐めていた美雪を思い出し、それをやってほしくなった。

「悪いけど、上になってくれないか？　できれば、尻を向ける形で」

思い切って言う。

美雪は何かを考えているようだったが、すぐにうなずいた。

結合を外して、郁夫は仰向けに寝る。

と、美雪が後ろ向きにまたがってきた。真っ白な逆ハート形の尻をこちらに向けて、いきりたつものをつかんで導き、慎重に沈み込んでくる。

蜜まみれの分身が尻の底に姿を消して、

「あうぅ……！」

美雪は低く呻いて、顔をのけぞらせた。

尻が突き出されて、丸々としたヒップが前後に動き、

「あっ……あっ……」

美雪は声をあげて、黒髪を躍らせる。

膣肉を擦りつけるような粘っこい仕種が徐々に活発になって、

「ぁああ、恥ずかしいわ……でも、いいの……あなたのおチ×チンがはっきりとわかるの。わたしのなかをぐりぐりしてくる。ダメッ……我慢できない」

美雪の尻が上下に撥ねはじめた。

（ああ、これだった。あの夜もこうやって、貪っていた……確か、義父はこうしていたな）

尻がおりてくるのを見計らって、ぐんと下から撥ねあげてみる。

さがってくる膣を切っ先が思い切り突きあげて、

「ぁあああ……！」

美雪はすさまじい声をあげ、手を口に当てて押し殺す。

だが、腰の上下動は止まらない。

「あんっ、あんっ、んっ……ぁああ、いや、いや……イッちゃう！」

「いいですよ。イッていいですよ」

郁夫が腰を撥ねあげたとき、

「あっ……！」

美雪はのけぞって、がくんがくんと腰を前後に激しく揺らせ、それから、精根尽き果てたようにどっと前に突っ伏していった。

（イッたんだろうか？）

見守っていると、郁夫の向こう脛をなめらかで濡れているものが這った。

（ああ、これだ……あの夜と同じだ！）

郁夫は歓喜に舞いあがる。

美雪はペニスと繋がったまま、ぐっと前に上体を折り曲げて、郁夫の足を舐めてくれている。

ぞわぞわっと電気が走る。

実際にこの目で見ていなければ、今、自分の足を這っているのが女の舌だとはわからないだろう。

体を少し横にして見ると、美雪の赤い舌が向こう脛に押しつけられて、スーッ、スーッとすべっていく。

膝のほうから足首にかけて舐めあげていき、そこから、膝に向かっておりてくる。

こういうのを羽化登仙《うかとうせん》の気持ちと言うのだろう。

視線を戻せば、こちらに向かって突き出された豊かな尻の底に、濡れたイチモツが嵌まり込んでいるのがはっきりと見える。

上体を前に折り曲げているので、尻が持ちあがり、狭間にはかわいらしいアヌスの窄まりが完全にのぞいてしまっている。

幾重もの皺を放射状に集めたそこは、セピア色に艶めき、まるで誘うようにひくひくとうごめいていた。

そして、美雪が向こう脛を舐めるたびに、腰も動いて、Oの字の形にひろがった膣口が勃起を咥え込んでいる様子がまともに目に飛び込んでくる。

(そうか……お義父さんはこんな気持ちいいことを味わっていたんだな)

我慢できなかった。

おずおずと手を伸ばして、左右の尻たぶを撫でまわした。

すべすべだった。そして、美雪はいやいやをするように尻を振りながらも、ツーッ、ツーッと足を舐めあげる。

(おおぅ、たまらん……!)

そのとき、生温かい舌が足の甲から足指へと這いあがっていった。

ぐっと前に身を乗り出して、ついには親指を舐めてくる。

足をつかんで引き寄せながら、美雪は親指を頬張り、フェラチオするように唇をすべらせる。

(ああ、すごい……すごすぎる!)

美雪にとことん尽くされている気がする。

そして、自分のためにここまでしてくれる美雪が愛おしい。

この女のためなら、何でもしてやるという気持ちになる。

美雪が親指を吐き出して、また向こう脛を舐め、そのまま上体を起こした。

その頃には、郁夫は湧きあがった欲望をぶつけたくなっていた。

いったん結合を外して、美雪をベッドに這わせ、真後ろについた。

美雪は両肘を曲げ、横向けた顔を腕に乗せて、ぐっと尻だけを突きあげる。その女豹のポーズが、美雪にはよく似合った。

蜜まみれのものを双臀の底に押し込んでいく。

「ぁあああ……！　気持ちいい……郁夫さんのおチ×チン、気持ちいい……」

そう言って、美雪はぐいと尻を突き出してくる。

（そうか……俺のおチ×チンはそんなに気持ちいいか……！）

こんなことを言われたのは初めてだ。

きゅっとくびれた細腰を両手でつかみ寄せて、激しく叩き込んだ。

「あんっ、あんっ、あんっ……ぁあああ、郁夫さん、気持ちいいの。気持ちいいの……」

美雪がさしせまった様子で言う。

心の底から感じてくれていることが伝わってきて、郁夫は思いを乗せた一撃を送り込む。

「あっ、あっ……あん……突き刺さってくる。郁夫さんのおチ×チンがお臍まで届いてる。苦しい……でも、気持ちいいの……もっと、もっと突き刺して。わたしをメチャクチャにして」

美雪の言葉が、郁夫の気持ちをさらにかきたてた。

「おおぅ、美雪さん……出そうだ！」

思わず言うと、

「ぁああ、ください。美雪のなかにください」

美雪がさしせまった様子で言う。

郁夫もこのままなかに出したい。しかし、相手は義父が結婚しようとしている女だ。

「いいのかい？　マズいだろ？」

「今日は大丈夫な日だから、心配しないで……」

「ほんとかい？」

「ほんとうよ。ウソじゃない。外に出されるのは嫌いなの」

「いいんだね？　ほんとうに中出しするよ」

「いいの。心配しないで」

郁夫は射精めがけて駆けあがる。

ウエストをつかみ寄せて、思い切り、深いストロークを叩き込んだ。

「あんっ……あんっ……ああ、それよ……奥がいいの。ぁあああ、苦しい……でも、気持ちいい……イクわ、イキそう。わたしもイク……！」

美雪がシーツを握りしめて、背中を弓なりに反らせている。

郁夫ももう我慢できそうにもなかった。

奥歯を食いしばって、怒張を送り込むと、とろとろに蕩けた肉路が波打ちながら締めつけ、怒張を奥へ奥へと呑み込もうとする。

（最高だ。美雪さんは最高の女だ……！　もう、どうなってもいい！）

甘い愉悦の塊がひろがっている。

「行くぞ。出すよ……！」

「ぁあああ、ください……あん、あん、あんっ……ぁあああ、わたしもイク……イク、イク、イッちゃう……！」

美雪がぐぐっとのけぞった。

「そうら、イケ……！」

つづけざまに叩き込んだとき、

「イキます……やぁあああ……くっ！」

美雪が躍りあがり、突き出した腰を激しく前後に揺らした。

止めとばかりにもうひと突きしたとき、郁夫も放っていた。

脳味噌がぐずぐずになるような絶頂感とともに、熱い男液が迸っていくのを感じる。

そして、美雪は「あっ……あっ……」と余韻の声を洩らしながら、がくん、がくんと大きく腰を波打たせている。

膣が痙攣しながらも、イチモツにからみつき、残っている精液が搾り取られていくようだ。

放ち終えて、郁夫はがっくりと覆いかぶさった。

すると、美雪も前に突っ伏していき、腹這いの姿勢で、はぁはぁと息を荒らげている。

郁夫はすべてのエネルギーを吸い取られたようで、少しも動けず、ぐったりとなって、義母になるだろう女の身体に折り重なっていた。

第三章　パーティの後で

1

二カ月後、寺島豊太郎と壺井美雪の結婚披露パーティが、市内のレストランを借り切って行われていた。

あれから、妻の早苗とその妹の菜月が、美雪と逢った。

郁夫は辞退したので、そこでどんな会話が交わされたかはわからない。

が、どうやら話し合いは物別れに終わったようで、早苗は怒りをあらわにして、帰宅した。

『あの人、どう反対されようが、わたしは豊太郎さんと結婚します。遺産目当ての結婚ではありません。心から豊太郎さんを助けたいんです。豊太郎さんのためにも、お二人にも結婚を認めていただきたいんです、って聞かないのよ。あなたが言うように、見るからに男好きのするいやらしい女だった。女のわたしにはわかるの、あの人の魂胆が……彼女が家族になることは絶対に認めない。でも、結婚したければ、勝手にすればいいんだわ。わたしはもうあの人には逢わない。虫酸が走るの』

そう、早苗は吐き捨てた。

二人は少し前に籍を入れて、今日、内輪での立席形式の結婚披露パーティが行われていた。美雪の内々にしたいという意見を考慮してか、招待者は限定されていた。早苗は宣言どおりに、欠席していた。

だが、妹の菜月は父との関係を取ったのだろう、夫とともに出席している。

参加しているのは、早苗を除く親族と会社の主だったメンバーで、豊太郎の花を添えたいからという理由で、若い女性社員も数名、出席していた。

美雪の親族は両親が亡くなっていることもあってか、数えるほどしか出席していなかった。

豊太郎は珍しくにやけていて、いかにこの結婚を望んでいたかが、周囲にも伝わる。

美雪は純白の背中が大きく開いて、裾のひろがったウエディングドレスに似たドレスを身につけていて、つねに豊太郎に寄り添っている姿が微笑ましかった。

郁夫は複雑な心境だった。

二人の結婚に関しては基本的に賛成だったから、これでいいと感じる。

しかし、その一方で、自分がその肉体を知っている女性が、義父の妻になることに、嫉妬に似た感情を覚えた。

いや、そもそも義父に嫉妬をできるほどの男ではないから、胸にあるのは、純粋な羨望だろう。

その気になれば毎晩、美雪の感じやすい肉体を抱ける義父が羨ましい。

あの夜の美雪の素晴らしい身体が今もふいによみがえってきて、下半身がむらむらしてしまう。

「若いお義母《かあ》さまですね？」

若い女が話しかけてきた。

森田純子《もりたじゅんこ》――パーティに花を添えるために駆り出された社員で、支店で働く郁夫の部下である。二十六歳だが、見た目には新卒くらいにしか見えない。

小柄でさらさらのボブヘアの顔は愛らしいが、身体のほうはむちむちとして、男の客はだいたい彼女に担当してもらいたがる。

ちょっとした隙のようなものがあって、男好きがするという点では、美雪に通じるところがあった。

美雪は美人タイプで、純子はかわいいタイプだ。

だが、ベッドでは乱れるのではないかと思わせるところが、共通していた。

そのせいか、郁夫も美雪を抱いてから、純子にこれまでとは違った色気を感じはじめている。

「若いお義母さまか……確かに、そうなるね」

「主任が三十五で、美雪さんが二十八なんですよね。へんな感じでしょうね、自分より七歳も若いお義母さまなんて……」

純子がくりっとした目を向ける。

自分の役割を理解しているのか、紺色のパーティドレスを着て、胸元が大きく開いているので、そこから、丸々とした乳房の上側が見えている。

職場では見ないその艶やかな姿に、郁夫は驚きながらも、こんなにセクシーだったんだな、と認識をあらたにしていた。

「確かにね……」

「でも、あれですよね。美雪さんって、主任の好きなタイプですよね？」

純子が踏み込んできた。

「何でそう思うの？」

「だって、主任の美雪さんを見る目でわかるわ。とっても、いやらしい目……」

「違うよ。冗談でもそんなことは言うなよ。これから、俺は義母としてつきあっていくんだからさ」

「たいへんですね……あっ、ワインを持ってきますね」

郁夫の空になったグラスを見て、純子がワインを取りに向かう。

あの夜の出来事があって、ここまで、美雪と二人きりでは逢っていない。

彼女を忘れようとした。だが、無理だった。否応なく湧きあがってくる下半身の欲望に任せて、早苗を抱こうとした。

だが、妻は二度目に交渉にいったその夜も、自分との約束を守って帰宅せずに、一晩を義父の家で過ごした郁夫を許そうとはせずに、

『もう、あなたとはしない。だいたい、あなた、あれでしょ？　美雪さんに骨抜きにされてるんじゃないの？　何となくわかるのよ』

そう言った。

その状態は今もつづき、あれ以来ベッドをともにしようともしない。

最後に美雪が挨拶をして、会はお開きになった。

郁夫は二人に挨拶をしようと、控室に向かった。

そこには義父はおらず、美雪だけがいた。

純白のドレスをつけた美雪はこうして二人になると、いっそう美しく、清楚に思えた。近づいていって、

「あらためて、おめでとうございます」

祝福すると、美雪が立ちあがった。

「これから、わたしは郁夫さんのお義母さんですね」

微笑んで、

「よろしくお願いしますね」

郁夫をハグした。ドキッとしたとき、

「あの夜のことは忘れていません。今でも、これが恋しいのよ」

美雪は耳元でそう囁き、郁夫のズボンの股間に手を伸ばした。

柔らかく股間を撫でられ、一瞬にしてそれがいきりたった。すると、勃起を感

じたのか、美雪はさらに撫でさすり、

「これが味わえないのが、すごく残念」

甘く囁いて、ようやく手を離した。

郁夫は股間のふくらみを隠して、控室を出た。

(小悪魔だ、美雪さんは……!)

心臓の鼓動と勃起がおさまらないまま、郁夫は出口に向かった。

すると、そこに純子が待っていて、

「主任、よかったら、これから呑みませんか?」

誘ってきた。

「いや……家で女房が待っているから」

「奥さま、いらっしゃらなかったんですね。やっぱり、美雪さんと上手くいってらっしゃらないんでしょ? 何となく、わかります。お二人の板挟みになってたいへんですね」

そう言って、下からくりっとした瞳で見あげてきた。

パーティドレスの胸元からのぞく丸々としたオッパイが視界に飛び込んできた。

「いいじゃないですか。主任の愚痴を聞きますよ。行きましょうよ。少しだけなら、いいでしょ？　それとも、奥さまが怖いんですか？」

甘えたような仕種で誘われると、少しだけなら、いいかという気になった。

まだ午後七時だ。

多少遅くなったって、かまいはしない。娘でありながら、父の晴れのパーティに列席しなかった早苗が悪いのだ。

「わかったよ。少しだけならね。行きつけのバーがあるから、そこへ行くか？」

「はい……うれしい！　大丈夫ですよ。会社の人には言いませんから」

郁夫は早苗に連絡を入れて、パーティが無事に終わったことを告げ、これから会社の面々と酒を呑むから遅くなると伝えた。

『しょうがないな。早く帰ってきてよ』

むすっとして、早苗が電話を切った。

（よし、これで大丈夫！）

郁夫はタクシーで、純子とともに駅の近くの雑居ビルの地下にあるバーに入った。

馴染みのバーだが、カウンターのなかでシェーカーを振っているマスターは口が堅いから、情報は絶対にひろがらない。

純子がコートを脱いで、紺色の胸のひろく開いたドレス姿になった瞬間に、二名いた男性客の視線が純子に注がれる。

純子は物怖じしない態度で、郁夫の隣のスツールに腰かけた。

アイラ島の強いシングルモルトを頼むと、純子は「わたしも」と同じものをオーダーした。

「アルコール度数が強いから、ゆっくりと呑めよ」

そう注意したのだが、純子はウイスキーが来ると、それを一気に傾けて、

「ぐふっ、ぐふっ……ああ、喉が焼けるぅ」

あわてて、水を飲んだ。

それから、純子が妻と美雪のことを訊いてくるので、身内の恥をさらすのはよくないなと思いつつも、パーティ会場でのワインも効いていて、ついつい自分がいかに苦労しているのかを語った。

もちろん、美雪との肉体関係は伏せたが……。

「主任、たいへんですね。女性に板挟みになると、男の人はすごく苦労するみたいですよ。でも、もう結婚してパーティまでしたんだから、これは美雪さんの勝ちですね。わたし、美雪さん尊敬しちゃうな。すごいですよ。四十歳以上も離れ

た方と結婚するなんて、並の女じゃできません。だから、わたし尊敬します」

純子が身体を預けてきた。

強いウイスキーを呑んで、そうとう酔っている。

もともとコケティッシュなところはあるが、仕事はできる。

とくに、男性客の受けは良くて、美雪もそうだから、相通じるところがあるのだろう。

「おい、酔ってるぞ」

郁夫は一応注意をするが、若い女に凭れかかられるのは、悪い気分ではない。人の目は気になるが、このくらいはしょうがない。

「わたし、主任が上司でよかったです。じつは前に勤めていた会社で、上司が女性だったんで、わたし、すごく嫌われて……それで、辞めたんですよ。理解のある楠本さんが上司でよかった」

純子は甘えるように身体を寄せて、カウンターの下で、右手を郁夫の太腿に置いてくる。

「……！」

郁夫は人に見られたくなくて、その手を自分の左腕で隠した。

すると、それをいいことに、純子は右手を太腿から上へとずらし、ズボンの股間をなぞってくる。

「よしなさい……」

耳元で注意をした。すると、純子も同じように耳元で言う。

「主任、帰り際に控室から出てきたとき、ここを大きくしていましたよね？　あの前に、美雪さんと逢われていたんでしょ？　ダメじゃないですか。お義父さまのお嫁さん相手におチ×チンを大きくしていたら」

そう囁いて、股間でテントを張っているイチモツを上から握ってくる。

「くっ……おい？」

「今、カレシがいないんです。最近、全然していないから、ここが……」

純子はぎゅっとドレスの股間を手で押さえた。

「ホテルに行きましょうよ。一回だけだから、心配ないです。奥さまにも社員にも絶対に言わないです……悶々とした主任のここを慰めてあげたいし……」

純子は酒の匂いがする息を耳元に吹きかけて、しなだれかかってくる。

「よしなさい……見られてるぞ」

「見られたって、いいですよ。連れていかないと、もっとしちゃいますよ」

純子がズボン越しにいきりたったものを握って、ぎゅっ、ぎゅっと擦りはじめた。

マズい。客がこちらを見ている。マスターも見て見ぬふりをしている。

「マスター、悪いね。悪酔いしたみたいだから、外に出て、風に当たらせるよ。チェックして」

郁夫はマスターに向かって言う。

勘定を払い終えて、足元がふらつく純子と一階へとあがるエレベーターに乗せた。

「ホテルに行こうよ。そうしないと、主任が美雪さんに横恋慕していることバラしちゃうからね」

そう言って、純子はしなだれかかってくる。

「わかったよ。いいから、大人しくしてくれよ」

郁夫は地上に出て、人の目を避けるように、駅前の路地の奥にあるラブホテルへと純子を連れていった。

2

初めて入ったこのホテルは、古い形のまま残っている地方特有のラブホテルであり、ベッドの周囲が鏡張りで、バスルームもひろかった。

純子は部屋に入るなり、抱きついてきた。

キスをせがみ、郁夫が下手なりに唇を合わせると、純子は情熱的なキスを浴びせ、舌を差し込んできた。

アイラ島ウイスキーのピート臭のする息を洩らし、舌をからめながら、背伸びするように唇を重ねてくる。

その姿が周囲の壁の鏡に映っていた。

紺色の胸ぐりのひろいパーティドレスを着た若い女が、必死にしがみつきながら唇を吸う姿は、とても衝撃的だった。

いくら本人が望んでいるとしても、部下の若い女とラブホテルでセックスするなんて、慎重な郁夫にはあり得なかった。

きっと、自分は美雪を抱いてから、おかしくなっているのだ。

自分は美雪を抱けないその渇望を、都合のいい女にぶつけているのではないか？　純子は美雪の身代わりなのではないか？

だが、純子の手が股間に伸びて、それを擦られたとき、突きあげてくる欲望が理性を押し流した。

抱いたまま、純子をベッドに押し倒した。

ラブホテルはベッドが大きい。

スプリングの効いたベッドで純子の小柄な身体が弾み、パーティドレスをつけたままの純子にキスをして、胸のふくらみを揉みしだいた。

「んんっ……んんんっ……」

純子は唇を吸われながらも、手をさげて、ズボンの股間を撫でてくる。

郁夫はキスをおろしていき、繊細な首すじから肩へと唇を押しつける。

柔らかな曲線を描く肩から首すじへと舐めあげると、

「ぁあああ……感じる……主任、感じるのぉ」

純子は顔をのけぞらせながらも、郁夫の股間をズボン越しに揉んでいる。

（一方的にされるだけではなく、自分も男を悦ばせたいんだろうな）

そう思いつつ、郁夫はいったん上体を起こして、ズボンとブリーフを脱いだ。

しい格好である。上半身はワイシャツにネクタイ、下半身はすっぽんぽんというちょっと恥ずか

と、純子が衿元に手を伸ばして、器用にネクタイを解き、シュルシュルッと抜き取った。さらに、ワイシャツのボタンに手をかけて、ひとつ、またひとつと外してくれる。

（へえ、こんなこともできるんだな……）

感心しながら、郁夫はワイシャツと下着を脱いだ。

「きみも……」

純子のドレスを脱がそうとすると、

「せっかくだから、最初はこのましたい。だって、なかなかこういう格好じゃ、できないでしょ？」

「ドレスが汚れるし、皺が寄るんじゃないか？」

「大丈夫よ。どうせ、クリーニングに出すんだから……」

「そうか」

肩紐のないタイプだから、ちょっとおろせば、乳房がこぼれそうだ。すべすべしたシルクのような光沢のドレスである。

胸のふくらみを揉みしだくと、柔らかくてたわわな感触が手のひらに伝わってくる。

「ぁああ、あああ……」

純子は陶酔したような声をあげて、顎をせりあげる。

両手もあがって、腋の下があらわになっている。若い腋の下は、ほんのりと汗ばんでいて、見るからに男心を誘った。

純子の手を押さえつけおいて、腋の下の窪みにキスをする。

「あっ……いやん。汗をかいてるから。そこは、シャワーを浴びてから」

純子が肘を身体に引きつけようとする。

「今がいいんだよ。甘酸っぱい匂いがたまらない」

そう言って、郁夫は腋の下を舐めた。普段ならこういうことはしない。自分がとてもエロい気分になっているのがわかる。

左腕を押さえつけて、腋の下に舌を這わせると、

「ダメだって……いや、いや……ぁああん……」

最初はいやがっていた純子が顎を突きあげた。

純子はまだ二十六歳だが、すでに性感が開発されているのだろうと思った。

ツルッとした腋の下はきれいに剃毛されていたが、舐めるごとに唾液でぬめ光り、甘い芳香が唾液の匂いに取って変わられた。

郁夫はそのまま舐めあげていく。二の腕の内側に舌を走らせると、その柔らかな部分が感じるのだろうか、

「あんん……！」

純子がのけぞって、

「いや、いや……」

と、首を横に振った。

郁夫は肘から舐めおろしていき、腋の下から舌を走らせる。

「あっ……くすぐったいよ、そこ、くすぐったい……ぁああん」

純子がびくっ、びくっと震える。

くすぐったい箇所は感じるところでもあると、何かで読んだことがある。

腋の下を往復して舐めると、

「ぁあああ、もうダメっ……あそこに触って……我慢できない」

純子が身をよじる。

ドレスの下で膝を擦り合わせているから、きっと下腹部に触れてほしいのだろ

う。だが、その前に……。

チューブドレスの胸のところをぐいと押しさげると、ぶるんと乳房がこぼれでてきた。

ブラカップ付きのドレスだから、ブラジャーはしていないのだろう。

前から大きいと思ってはいたが、まろびでてきた乳房は想像よりもはるかにたわわで、丸々と突き出している。

グレープフルーツを二つくっつけたような乳房を揉みながら、乳首に顔を寄せた。薄赤色の乳首は小粒だが、ツンとせりだしている。

たっぷりとしたふくらみを揉みながら、小さな乳首を静かに舐めあげる。上へ下へと舌を走らせると、突起がしこってきて、

「あんっ……あんっ……ぁあああ、感じるぅ……主任の舌、気持ちいい！」

純子は「あっ、あっ……」と胸をのけぞらせる。

さらに、左右に舌で撥ね、乳首をつまんで転がしてやる。転がしながら、トップを舌でちろちろとくすぐった。

「ぁあああ、あああ……あそこが熱い。熱くて、ジンジンしてる。主任、触って。純子のあそこに触ってぇ」

純子が下腹部を持ちあげて、落とし、横に振る。

こうなると、郁夫も先を急ぎたくなる。

右手をおろしていき、膝丈のドレスの裾をまくりあげて、股間に伸ばした。

パンティストッキングが張りつくそこをさすると、ぐにゃぐにゃと沈み込み、

「ぁあああ……くっ……あぁうぅ」

純子はもっと触ってとばかりに下腹部を擦りつけてくる。

郁夫は下半身のほうにまわり、パンティストッキングの張りつく足をぐいと持ちあげた。

ドレスがめくれあがって、肌色の透け感のあるパンティストッキングから真紅のパンティが透け出ていた。

膝の裏をつかんで持ちあげ、基底部に舌を走らせると、すぐにパンティストッキングが濡れて、パンティの真紅の色がいっそう浮かびあがってきた。

「ぁあああ、あああ……いいのぉ。感じるのぉ」

純子はもう我慢できないとでも言うように下腹部をせりあげる。

郁夫はパンティストッキングとパンティに手をかけて、一気に引きおろした。

いったん膝にかかったが、それを足先から抜き取っていく。

若草のように薄い繊毛がやわやわと生えていた。

その下で、かわいらしい女の秘苑がわずかに口を開けて、息づいていた。こぶりだが、肉びらはぽってりとして豊かで、その狭間に濡れた粘膜が顔をのぞかせている。

しゃぶりついて、狭間を舐めた。

甘酸っぱい匂いがこもったそこは、すぐに花開いて、内部のピンクの潤みをのぞかせる。きれいすぎる粘膜に驚きながらも、そこに舌を差し込むようにクンニをつづけた。

「ぁああ、ぁあああ……いいよ、いいのよ……ああん、そこ……！」

舌がクリトリスに触れると、純子はびくっとして足を伸ばす。

やはり、ここがいちばん感じるのだろう。

包皮をかぶせたまま舐め、それから、指で剝く。こぼれでた濃いピンクの本体はほんとうに小さい。

舌を張りつかせるようにして刺激すると、

「ぁああ……あああ、気持ちいい……」

純子は心から感じているという声をあげて、下腹部を擦りつけてくる。

速度をあげて、ちろちろと連続して肉芽をあやした。すると、純子はもう我慢できないとでも言うように腰を上下に打ち振って、

「ぁあ、欲しい。主任のおチ×チンが欲しい。入れて……入れてください」

せがんでくる。

「絶対に人には言わないでくれよ」

念を押すと、

「もちろん、絶対言いません」

純子がつぶらな瞳を向ける。

郁夫は安心して、膝をすくいあげ、いきりたつものを押しつけた。じっくりと埋めていく。

とても狭い入口を突破していく感触があって、

「あうぅ……！」

純子が今にも泣き出さんばかりに、顎をせりあげた。

（おぉ、キツキツだ……！）

女の細道が侵入者をくい、くいっと締めつけてくる。潤みはさほど感じないが、膣自体が狭い感じだ。

郁夫はぐっと奥歯を食いしばり、静かに抽送をはじめる。

膝を曲げさせて、上から押さえつけ、ゆったりとイチモツをすべらせる。

「うっ……うっ……うっ……」

純子は最初は苦しげだったが、ピストンをつづけるうちに、膣が潤みを増してきて、すべりがよくなり、それにつれて、

「あっ……あんっ……あんっ……」

純子の洩らす喘ぎが変わった。

いったん打ち込みを休むと、純子が大きな目を開けて、上を見た。ハッとして郁夫も仰ぎ見る。

すると、天井に張られた大きな鏡に、そこを仰いでいる自分と、その下で仰向けになっている純子の姿が映っていた。

「鏡に二人が映ってるね」

「はい……すごく新鮮。ちょっと恥ずかしいけど」

純子が天井に映ったもうひとりの自分を見ながら言う。

「動くぞ」

郁夫が膝を押さえて腰をつかうと、純子は天井を見ながら、

「あんっ、あんっ、あんっ……」

いっそう大きく喘ぎ、快感のためか目を閉じる。それでもすぐにまた目を開けて、鏡のなかの自分に目をやる。

郁夫が打ち込みながら、横を見ると、サイドの壁の鏡にも二人の姿が映っていた。

幾分肉のたるんだ中年男が若い女を組み伏すようにして、腰を躍らせるその姿が目に飛び込んでくる。

さすがに恥ずかしくなり、郁夫は膝を放して、覆いかぶさる。

上体を抱き寄せながら、腰をつかうと、

「あっ……あっ……あっ……いいの。すごく、いい……主任のおチ×チン、最高……あん、あんっ、あんっ……」

純子が両手でぎゅっとしがみついてくる。

窮屈な膣がいきりたちを締めつけてきて、気持ちがいい。

だが、自分がどこか冷めていることにも気づいていた。

(やはり、相手が美雪ではないからだろうか？　いや、俺は純子相手でも大丈夫だ。俺はすごく興奮している！)

郁夫は自分をかきたてて、純子の唇を奪った。

柔らかくてぽっちりとした唇が吸いついてくる。純子は郁夫を抱き寄せ、舌を差し込み、なかで舌をまさぐる。

郁夫もそれに応えて、舌をからませる。

よく動くつるっとした舌を感じると、下腹部のイチモツがまたぐんと力を漲らせて、それを膣の粘膜がぎゅ、ぎゅっと締めつけてくる。

もっと興奮したくて、純子の小さくて、かわいらしい顔を舐めた。

「いや、いや……化粧が落ちる。ダメだって、顔が唾臭くなっちゃう」

純子が笑いながら抵抗する。

郁夫は純子の手をつかんで、顔の横に押さえつける。そうやって、上から打ちこんでいく。

「あん……主任、乱暴なんだから……あんっ……あんっ……ああ、すごい！　奥を突いてくる。いやいや……苦しいよ。あんっ……あんっ……あんっ！」

純子が眉を八の字に折り曲げて、顔をのけぞらせた。

すると、郁夫も昂《たかぶ》って、両手を押さえつけながら、ぐいぐいと腰を打ちおろす。

「ぁああ……あああっ……ぁあうぅぅ……！」

純子が顎を突きあげて、眉根を寄せる。

柔らかくて大きな乳房がぶるん、ぶるるんと縦に揺れている。純子は足を大きく開いて、郁夫の分身を奥へと導こうとしている。

二十六歳の部下のあられもない姿を見て、郁夫はがむしゃらに腰を打ち据えていた。

そして、郁夫も急速に高まった。

「ダメだ。出そうだ……！」

訴えると、純子は大きな目を開けて、

「まだ、まだダメっ……」

「ゴメン。もう……」

自分をコントロールできなくなっていた。

つづけざまに打ち据えると、

「あっ……あっ……あっ……」

純子は両手を押さえつけられたまま、甲高い喘ぎを放つ。

できるなら純子をきっちりとイカせたい。しかし……。

純子の両手に体重をかけ、強いストロークを打ちこんだとき、

「うっ……！」

郁夫は唸りながら放っていた。

3

ひろいバスルームは曇りガラスが側面に張られていて、部屋の様子をぼんやりとだが見ることができる。

その二人用の大きなバスタブに郁夫はつかり、背中を向ける形で、純子が郁夫の足の間に座っている。

「ゴメンな。すぐに出しちゃって」

謝ると、

「大丈夫。それだけ、わたしのあそこの具合が良かったってことでしょ？」

純子が郁夫の手をつかんで、胸に導く。

さっきまでぐでんぐでんだったのに、いまはもうだいぶ酔いが覚めたようだった。

「そうだね、確かに、キツキツだった」

耳元で言って、郁夫はたわわな乳房を後ろから揉みしだく。お湯に半分つかった巨乳がぐにゃりぐにゃりと沈み込みながら、指にまとわりついてきた。

「主任は、奥さまと上手くいってないんでしょ？」

いきなり、純子が訊いてきた。

「……上手くいってたら、こういうことはしてないよ。気になるの？」

後ろから乳房を揉みながら、言う。

「別に……ただ……」

「ただ……？」

「主任の義理のお母さんになった美雪さんには、気をつけたほうがいいと思う」

図星をさされているだけに、郁夫は言葉を返せない。

「あの人、わたしと似たところがあるんだけど、わたしなんかより、ずっと、ずっと上手のような気がする……主任も気をつけないと、って思っただけ」

純子が手を後ろにまわし、郁夫の下腹部をまさぐってくる。

「バカなことを言うなよ。美雪さんは社長が大好きで、その老後の面倒まで見ようって覚悟なんだよ」

「女同士だと、何となくわかるのよ。あの人、きっと財産目当てだと思うよ」

「……違うと思うぞ」

「あらっ……主任のここ、急に硬くなってきた。さっきも美雪さんに逢いにいって、ここを大きくしていたでしょ？　絶対に怪しい」

純子は後ろ手に肉柱を握って、ぎゅっ、ぎゅっとしごく。

「おっ、あっ……よせ……」

純子が立ちあがって、

「そこに座って」

と、ひろい湯船の縁を指さす。

郁夫が腰をおろすと、純子は前にしゃがんで、半勃ち状態のイチモツを握って、ゆったりとしごく。それが見る見るふくらんでくると、

「まだ、できそう」

見あげてにっこりし、顔を寄せてきた。

小さな唇を開いて、亀頭部をおさめ、根元を握りしごきながら、くちゅくちゅと頬張る。

「くっ……おっ……！」

分身に力が漲る感触があって、そこを小さな指と唇で擦られると、一気にギンとしてくる。

「ほら、もうこんなになった……主任、欲求不満なんでしょ？　いいよ、これからもわたしが相手してあげる」

純子が見あげて言う。

たわわなオッパイがふたつ、お湯から出ている。白い乳房が温められてピンクに染まり、薄赤い乳首もツンと頭を擡げていた。

純子がまた頬張ってきた。

美雪と較べると、テクニックでは劣っているが、一生懸命に唇を往復させ、根元を握りしごく。

ボブヘアのさらさらした髪が躍って、ツンとした鼻先の下で小さな唇がいっぱいに勃起を咥えている。

（かわいいじゃないか……！）

義父と結婚した美雪にこだわらなくても、いいんじゃないか……。

社内不倫ではあるが、純子のようにかわいい女の子が相手をしてくれるのだから、それで充分じゃないか。むしろ、ラッキーと言うべきだ。これで不満を言っていてはバチが当たる……。

郁夫はそう思おうとした。

ますますいきりたった分身を一心不乱にしゃぶられると、猛烈にまた打ち込みたくなった。

「後ろを向いてくれないか?」

「なかでするの?」

「ああ……」

純子が両手で湯船の縁をつかみ、ぷりんとした尻をこちらに向けてきた。

郁夫は真後ろにしゃがみ、尻たぶの底を舐める。

愛らしいアヌスの窄まりがひくひくとうごめき、その下で女の亀裂がぴったりと口を閉じていた。モズクのような繊毛から、ポタポタと滴が垂れている。

尻たぶをつかんで開かせ、狭間に沿って舌を這わせると、

「ぁあああ……!」

純子が華やいだ声をあげて、背中を反らした。

お湯でコーティングされたような尻を見ながら、舌を往復させる。

「ぁあああ、あああああ……気持ちいい……ぁあん、欲しくなっちゃう。欲しくなっ

ちゃう……」

　純子が尻をくねらせながら、突き出してきた。

　郁夫は立ちあがって、屹立を添え、慎重に腰を突き出していく。イチモツが濡れ溝を押し広げていって、

「あうぅぅ……！」

　純子が顔を撥ねあげた。

「くっ……！」

　と、郁夫も歯を食いしばる。

　さっきより、ずっと具合がいい。

　よく練れたとろとろの粘膜が波打ちながら、勃起にからみついてくる。

　くびれウエストをつかみ寄せて、腰を行き来させていると、また快感がふくらんできた。

「あんっ、あんっ……あんっ……ぁああ、いいよぉ。主任のチ×ポ、気持ちいいの……ぁああ、すごい、すごい……イキそう！　もう、イッちゃう！」

　純子はバックからのほうが感じるのだろうか、がくがくと膝を落として、嬌声を張りあげる。

それに、若い女の口から『主任のチ×ポ』などという言葉が出ると、郁夫も気持ちが昂る。

「俺のチ×ポがそんなに気持ちいいのか？」

「はい……気持ちいい。主任のチ×ポ、気持ちいい！」

純子がその猥褻な単語をまた口にして、郁夫は有頂天になった。

関係を持った女性が少ないこともあってか、これまでそんな猥褻な単語を女が口にするのを聞いたことがない。

「そうか……そんなに気持ちいいか？」

「はい、気持ちいい……主任のチ×ポ気持ちいい！」

三連発されて、郁夫は舞いあがった。

つづけざまに打ちこんだ。

湯船のお湯がちゃぷちゃぷと波打って、白い湯けむりのなかで、若い女体がのけぞっている。

「そうら、イッていいよ」

渾身の力を込めて、後ろから打ちこんだとき、

「あっ……！」

純子はがくがくっと腰を前後に揺らし、それから、操り人形の糸が切れたように、お湯に身体を沈めていく。

さっき出したお蔭で、郁夫のものはいまだ勃起しつづけている。と、それを見た純子が湯船に立っている郁夫の前にしゃがみ、いきりたつものに顔を寄せ、

「主任、タフなのね」

見あげてにっこりし、勃起を頬張ってきた。

(もう、美雪に執着するのはやめよう。俺には、こんなかわいい部下がいるんだから……きっと、神様が純子をつかわしてくれたんだ)

郁夫はうねりあがる快感を心から味わった。

第四章　義母の誘惑

1

一カ月後、森田純子が本店に移った。

本来この時期は異動など行われない。

（どうして……？　やはり、あのときに石井礼子《いしいれいこ》に見られたことが原因か？）

二週間前に、業務が終わり全員社員が帰った支店で、求められるままに純子にフェラチオしてもらった。

その際、いったん帰路についた石井礼子が忘れ物を取りに突然、戻ってきた。人の気配でとっさに純子はフェラチオをやめて、立ちあがったのだが、オフィスフェラを礼子に見られていたのだろう。

礼子は、上に媚びを売る純子を嫌っていて、いつも露骨なほどに厳しくあたっていたから、自分が目撃したことを支店長に告げ口し、それが本店に伝わったのかもしれない。

本来なら、郁夫も厳重注意を受けるはずだが、郁夫は社長の義理の息子だから、上も気をつかって、二人を引き離すことで解決をはかったのだろう。

純子には申し訳ないことをした。

しかし、純子は本店に異動したのだから、本人にとってはむしろラッキーだったと言うべきだ。

純子の代わりに本店からやってきた女性社員・萩原徹子《はぎわらてつこ》は、三十六歳のメガネをかけたベテランで、ひょっとして郁夫を監視する役を仰せつかっているのではないかと思うほどに、つねに郁夫の行動に目を光らせているのが感じられた。

一度、純子に連絡を取ってみたが、

『忙しくて、たいへんなの。本店はイケメンが多いし……主任とのことはいい思い出として胸にしまっておくね。さようなら。頑張ってください』

純子はそう言って、電話を切った。

(こんなもんだよな……世の中、いいことはそう長くはつづかない。かわいい部下といいことできただけで、大ラッキーだった)

郁夫が礼子の監視による気づまりな生活を送っているとき、壺井美雪から連絡が入った。

相談したいことがあるから、会社が休みの明日、逢ってくれないかと言う。

豊太郎は東京に二泊三日で出張をしている。

美雪はその間、留守を守るように言われていて、出張に同行はしてないのだと言う。

美雪は籍を入れてからも、豊太郎の秘書を勤めていて、もしかして、社長は自分の跡継ぎとして、美雪を育てているのではないかというウワサがあった。

「奥さまがいやがるでしょうから、お昼でかまいません。どうしてもご相談したいことがあるんです。逢っていただけないでしょうか?」

そう熱意を持って頼まれると、ノーとは言えなかった。

了承して、電話を切った。

(相談って、何だろう? ひょっとして、また俺に抱かれたいとか……いや、それはないだろう)

あのときは郁夫を味方に引き入れようとして抱かれたのだから、すでに結婚した今となっては、そんな必要はないはずだ。

しかし、郁夫のことを義父以上に好きだと言ってくれたことは確かだ。

義父がいない家で、二人きりで逢える——そう考えるだけで、心が躍った。

翌日の昼過ぎに、郁夫は妻には、古い友人と逢うとウソをついて、家を出た。

寺島家に到着して、インターフォンを押すと、美雪が迎え入れてくれた。

びっくりした。

美雪が着物を着ていたからだ。

小紋と言うのだろうか、細かい柄の入った落ち着いた和服を着て、柿色の帯を締めていた。

髪も後ろでシニヨンに結っているので、生々しいうなじがのぞき、左右の鬢が色っぽく頬にかかって、それを目にするだけで下半身がざわついた。

「どうぞ」

美雪は郁夫をリビングに招き入れる。

感心したのは、美雪の和服をつけているときの歩き方やちょっとした所作がさまになっていることだ。

着物というのは、着慣れないとどうしても動きがぎこちなくなってしまうと聞いている。

(ということは、美雪さんは以前に着物を着て過ごしたことがあるんだろうか？お茶とかお花とか習っていたことがあるとか？)

郁夫がソファに座ると、美雪がお茶とお茶菓子を出してくれた。

それから、隣に座る。

つやつやした髪には何かつけているのだろうか、椿油のようないい香りがする。和服のせいか、いつもより淑やかな雰囲気があって、隣に座っているだけで、気持ちが和みつつも昂揚している。

「あの……ご相談とは？」

郁夫は早く内容を知りたくなって、訊いた。

「それなんですが……主人、最近体調がすぐれないようで……もともと心臓に持病を抱えているんですが、最近は血圧も高く、血糖値もあがっていて……」

結婚してから、豊太郎を主人と呼んでいるのだとわかった。その主人という呼び方が、どこか誇らしさを備えているように感じる。

「……それは、心配ですね」

「失礼ですが、郁夫さんは血液型は何型ですか?」

郁夫は妙なことを訊くなと思いつつ、答えた。

「俺はA型ですが、それが……?」

「あっ、いえ……主人もA型だから、よかったなと……ごめんなさい。主人に何かあって輸血が必要なときは、わたしはB型なので……安心しました」

「そうですね……確か、うちの女房もA型のはずです」

「それはよかったわ」

「でも、今普通の病院なら多くの輸血用血液をストックしてあるはずだから、問題ないですよ。それに、心臓に持病があっても、輸血することはまずないと思います」

「そうなんですか? ゴメンなさい。わたし、無学で……」

美雪が顔を伏せる。

すると、やわやわとした後れ毛の生えたうなじがのぞいて、郁夫はドキッとする。

「それだけ心配なさっているんだなって思いました。あの、相談とはそのことですか?」

郁夫はあらたまって訊く。

「主人の体調のことなんです。何かあったらどうしようかと心配でならないんですよ。食事にも随分と気をつかっているんですが、主人、時々外で呑んでくるので。オツマミに脂っこいものを摂るようで、わたしが言っても、聞いてくれなくて……」

美雪が郁夫の太腿に手をそっと置いて、不安そうに眉をひそめた。

添えられた手の柔らかな感触がズボン越しに伝わってきて、郁夫は集中力が切れかける。それをこらえて、

「機会があったら、俺のほうからも言ってみます。もっとも俺の言うことなんか聞いてくれないでしょうけど……」

「ありがとうございます。そうしていただけるとうれしいわ」

そう言って、美雪がしなだれかかってきた。

エッ、と思いつつも、胸のふくらみや着物に包まれた太腿の弾力を感じて、郁夫は昂りを抑えられない。

「こんなこと、他の人には恥ずかしくて言えないんですが……結婚してまだ二カ月なのに、最近、主人のここがままならないんです」

美雪がズボン越しに股間のふくらみを柔らかくつかみ、撫でさすってくる。

それが瞬時にしていきりたつのを感じながらも、郁夫は膝をぎゅっと閉じて、美雪の手を押さえつけた。

「あっ、ちょっと……」

「男の人ってみんなそうなんですか？　主人も一時はすごく悦んでくれて、お前だから勃つんだと言ってくれたんですよ。それが、徐々にダメになって……ゴメンなさい。わたし、すごく恥ずかしいことを言ってますね」

美雪が股間から手を離して、その手を着物の膝の上に持っていく。太腿の奥をぎゅっと手で押さて、もじもじしている。

和服を着たその姿からは、満たされていない女の渇望がひしひしと感じられる。

あんな激しいセックスをしていて、それができなくなったら、美雪だってきっと欲求不満が溜まるだろう。

美雪が今日、ここに郁夫を呼んだのは、豊太郎の体調問題だけではなく、肉体的な疼きを我慢できなくなったからではないか？

この前、抱いたとき、美雪は幾度も昇りつめた。

郁夫とのセックスに悪い印象はないはずだ。きっとそれで、今日夫の体調問題を相談しつつも、また……。

そうでなければ、自分から股間を触ったりしないだろう。

(女の誘いを断ったら、ダメだ……。それに、俺はこの人が好きだ。また、抱きたい。よがらせたい……秘密にすればいいんだ。見つからなければ……)

そのとき、また美雪の手が股間に伸びてきた。

やわやわと揉みしだかれると、イチモツがすごい勢いでいきりたってきた。

自分はこのまま行けば、この人を抱いてしまうだろう。

(だが、そうなったら……俺は終わる)

郁夫は風前の灯火の理性を振り絞って言った。

「いけません……美雪さんは結婚なさったばかりじゃないですか。俺には義理とは言え、母なんですよ。それに、こんなことがばれたら、俺は社長に殺されちゃいます」

「わかっています。でも、わたし、郁夫さんとのセックスが忘れられません。いけないことだとわかっていても、止められないんです」

美雪はきらきらした目で郁夫を見た。

それから、ソファを立ち、郁夫の前にしゃがんだ。

「お願いです。わたしこのままでは……主人には絶対に言いません。ばれないようにします。二人だけの秘密にします。だから……」

郁夫を見あげ、ズボンの股間に頬擦りして、

「硬いわ。逞しい……」

吐息まじりに言い、ズボンの上からさすってくる。

もし、純子と肉体関係がつづいていたら、我慢できていたはずだ。純子には申し訳ないが、彼女は美雪の身代わりとも言えた。

しかし、純子は自分のもとを去っていった。

もし、まだつきあっている最中だったら……。しかし、そのわずかな時間の差異が人の人生を狂わせるのだろう。

美雪は悩ましいうなじをのぞかせて、勃起を手で擦りあげ、ちゅっ、ちゅっとキスを浴びせてくる。

(ダメだ。この人には勝てない……！)

落ち着いた着物姿で、髪をシニヨンにまとめた美雪が、自分の前にしゃがんでイチモツをかわいがってくれる。この前とはまた違った、淑やかでしどけない色気に舞いあがってしまう。

美雪がズボンに手をかけて、ズボンとブリーフをおろした。

下半身すっぽんぽんで膝を開いて座ると、美雪が屹立を右手の指で握り、その硬さや大きさを確かめるようにゆったりとしごく。

「やっぱり、主人とは全然違う……主人をけなしているわけではないんですよ。ただ、ここは硬くないと……わたし、いけない女でしょうか？」

「いえ……自然だと思います。あの……このこと、絶対に秘密にしてください。とくに、社長には……」

「もちろん。そんなことをしたら、わたしのほうが……ですから、ご心配には及びません。何かあったときは、わたしが強引に誘ったと言います」

美雪が言う。

（ああ、何てわかっている女なんだ……！）

その瞬間、郁夫は美雪とともに茨の道を歩むことを覚悟した。

美雪は膝立ちになって下を向き、てかつく亀頭部にちゅっ、ちゅっとキスをする。

それから、丸い先をつかんで尿道口を開くと、真上から唾液を落とした。

ツツーッと垂れた唾液が落ち、美雪はそれを尿道口に塗り込めるように舌でなぞる。

またかるく亀頭部を押さえて、尿道口をひろげ、その窪みに唾液をなすりつけるようにして、ちろちろと舐めてくる。

「あっ、くっ……！」

ぞわぞわっとした快感が走り、郁夫は天井を仰ぐ。

すると、美雪は顔を横向けて、亀頭冠の出っ張りに沿って舌を走らせる。ぐるっと一周させてから、カリを下から、舌で撥ねあげてくる。

(ああ、これだった……美雪さんのフェラは絶品だ！　男なら誰だって、これに夢中になる……！)

美雪は屹立を上から頬張って、二度、三度と唇をすべらせた。

それから、一気に根元まで咥え、もっと奥まで吸えるとばかりに、唇が陰毛に接するまで頬張り、なかでねろり、ねろりと舌をからませてくる。

「ぁああ、気持ちいい……たまらない。美雪さんの温かさに包まれている気がする」

思いを告げると、美雪はゆっくりと顔を振りはじめた。

柔らかくてぷにっとした厚めの唇が、ぴったりと寄り添うように勃起の表面をすべっていく。

そこでいったん吐き出して、裏筋を舐めあげてきた。

強めにジグザグに舌が這いあがり、またおりていく。

なめらかな舌の粘膜が裏筋にまとわりついてきて、分身が頭を振った。

すると、美雪が郁夫の両膝を持って、ぐいと押しあげた。

「うっ……！」

ソファの上でオシメを替えられる赤子のような格好を取らされ、郁夫は羞恥に呻く。

「すみません。ご自分で足を持っていていただけませんか？」

美雪が開いた股の間から、言う。

「こ、こう……？」

郁夫は自分で足を持った。

とんでもない格好だ。これでは、睾丸どころかアヌスまで見えてしまっているに違いない。

美雪はうなずいて、顔を低い位置に持っていく。股の間から郁夫を見あげ、静かに舌を走らせる。

「おっ、あっ……！」

皺袋をなめらかな舌が這い、その震えが来るような快感に、郁夫は女のような声をあげていた。

唾液を載せた舌が、皺のひとつひとつを伸ばすかのように丹念に這い、中央の裏筋をちろちろと弾く。

次の瞬間、片方の睾丸が美雪の口に吸い込まれていた。

（ああ、これだった……この前もこれで、骨抜きにされたんだった……）

と、美雪はもう片方の睾丸も口に入れた。

信じられなかった。二つの睾丸がすっぽりと美雪の口腔におさまっている。

（こんなことができるのか？）

自分のキンタマが小さいとも、美雪の口が大きいとも思えない。それでも、今、左右の睾丸が同時に頬張られている。

美雪が見あげて、にこっとした。

両方のキンタマを口のなかにおさめて、こんなこともできるのよ、とばかりに目で微笑む美雪は、とても愛らしく、かつ、淫らだった。

むぐむぐと二つのキンタマを頬張りながら、美雪は小悪魔的に微笑み、ちゅぱっと吐き出した。

それから、また裏筋を上へ上へと舐めあげてきて、亀頭冠の真裏をちろちろとあやし、それから、頬張ってきた。

ゆったりと顔を振って、イチモツに上から下へ、下から上へと唇をすべらせる。

美雪は足の間に、着物姿でしゃがんで、結いあげられた頭髪を揺らしながら、時々、その効果を推し量るように見あげてくる。

（ああ、俺はこれから逃れられない……）

あまりの気持ち良さに美雪を見ていられなくなって、天井を見あげた。

目を閉じると、柔らかな唇と舌の動きをつぶさに感じる。

と、そこに指が加わった。

美雪は根元を握りしめてしごきながら、それを同じリズムで唇を往復させる。

亀頭冠を中心に素早く唇で擦られると、甘い陶酔感がさしせまったものに変わった。

「くっ……ダメだ。出てしまう」

訴えると、美雪はちゅぱっと吐き出し、

「行きましょ」

立ちあがり、郁夫の手を引いて、歩きだした。

2

そこは客間用の和室で、すでに畳には一組の布団が敷いてあった。

それを見て、最初から美雪は郁夫に抱かれるつもりだったのだと思った。

床の間のある和室で、美雪は背中を向けて、郁夫の手をつかんだ。

「ここから……」

そう言って、郁夫の手を導く。そこは、袖の下にある切れ目で、確か、身八つ口と言うはずだ。

「こうすると、簡単に手が届くでしょ？」

美雪が言う。

郁夫が右手を右側の身八つ口から差し込むと、じかに柔らかいものに触れた。

オッパイだ。郁夫は直接、乳房に触れているのだった。

(そうか……着物ってこういう構造になっているんだ)

感心しつつ、手のひらで胸のふくらみを包み込んだ。

片手では覆いきれないたわわなふくらみがしなって、指にまとわりついてくる。

「ぁああ……うなじにキスをしてください」

美雪が求めてくる。

後れ毛がやわやわと生えた襟足にちゅっ、ちゅっと唇を押しつけると、

「あっ……あっ……」

美雪はびくん、びくんと震えて、顔をのけぞらせる。

(敏感だな……白い奥襟からのぞく首すじが色っぽすぎる!)

楚々とした首すじに舌を走らせながら、右手で乳房を揉む。

しっとりと湿った乳肌が沈み込み、柔らかく押し返してくる。指を伸ばすと、硬くなったところがあって、そこを指でかるく捏《こ》ねると、

「んっ……んっ……」

美雪は甘く鼻を鳴らして、腰をもどかしそうに擦りつけてくる。

たまらなかった。

美雪は、郁夫がこれまで体験できなかった官能の世界をもたらしてくれる。

(三十五歳にして、俺もようやく……)

郁夫は右手で乳首を捏ねながら、左手を伸ばして、着物の前身頃《まえみごろ》を割り、長襦

袢も開いて、太腿の奥へと差し込んでいく。

むっちりとしてすべすべした内腿をこじ開けるようにして、奥へと指を届かせると、そこには湿ったものが息づいていて、

「あんっ……！」

美雪はがくんと腰を折って、尻を股間に押しつけてくる。

中指が濡れた箇所に触れて、その潤みきった様子が、郁夫をいっそうかきたてる。

（こんなに濡らして……さっきフェラしながら、ここを濡らしていたんだな。美雪さんはおフェラしながらも、自分も高まっているんだな）

身八つ口から差し込んだ手指でたわわな乳房を揉みしだき、合わせ目からすべり込ませた左手で濡れ溝をさすった。

すると、美雪はくなり、くなりと腰を揺らして、

「あっ……あっ……あああ、立っていられない」

がくっ、がくっと膝を落とす。

我慢できなかった。

郁夫は美雪を布団に這わせて、着物の白い長襦袢をまくりあげた。

真っ白な尻が転げ出てきて、

「いやっ……」

と、美雪が尻の谷間を手で隠した。

白いシーツの上に着物をつけたまま四つん這いになった美雪——。白い長襦袢がめくれて帯を隠し、豊かな尻たぶがあらわになり、太腿もしっかりとして、爪先の白足袋がいっそう悩ましい。

郁夫は美雪の手を外し、尻たぶの底にしゃぶりつく。下から上へと肉の亀裂を舐めあげると、合わせ目がひろがって、

「ぁああ……！」

美雪が心から感じているという声をあげ、背中をしならせる。

満遍なく肉の詰まった尻たぶを撫でまわしながら開くと、谷間には愛らしい小菊のようなアヌスがひくひくと震えていた。

その下に縦長の秘苑がふっくらとした肉びらを開かせ、内部のサーモンピンクのぬめりをのぞかせている。

尻たぶをさらに開くと、合わせ目もひろがって、いっそう内部が現れ、そこはおびただしい蜜で妖しいほどにぬめ光っていた。

複雑な入り江を舐めた。

サーモンピンクの粘膜がさらに濡れて、上のほうに小さな肉の孔がわずかに顔をのぞかせている。

そこに舌を届かせて、ぬるぬると舐める。

女特有の味覚が舌にひろがり、舌を出し入れすると、

「ぁあああ、あああう……気持ちいい。郁夫さん、気持ちいいの……ぁあああ、あああうぅぅ、恥ずかしい……腰が勝手に……」

美雪は我慢できないとでも言うように、腰をくねらせて、自ら腰を押しつけてくる。

ぬらりとした膣口が顔面を濡らす。

甘酸っぱい味覚がひろがって、郁夫も這うようにして、そこに舌を差し込んでいく。抜き差しすると、

「ぁあぁ……あああぁ……いいの……いいの……すごい、すごい……ぁああ、欲しいわ。郁夫さんのおチ×チンが欲しい」

美雪がせがんできた。

郁夫自身、もう一刻も早く繋がりたくなっていた。

真後ろに膝を突いて、いきりたつものをあてがった。

とろとろのとば口に切っ先を送り込んでいくと、窮屈な箇所が割れて、ぬるりと嵌まり込んでいき、

「あうぅぅぅ……！」

美雪が顔を撥ねあげた。

（熱い……！　締めつけてくる）

郁夫は動きを止めて、もたらされる快感を味わった。

まだピストンしていないのに、熱いと感じるほどの火照った内部がひくひくとうごめきながら、屹立を奥へ奥へと引きずり込もうとする。

じっとしていると、

「ねえ、突いて……お願い……」

美雪が我慢できないとでも言うように腰をくねらせる。

やはり、美雪はオマ×コを硬いもので、思い切り突いてほしいのだと感じた。

義父の男の器官がままならないから、この熟れた肉体を持て余しているのだろう。

美雪はとても家庭的な女だ。家事もできるし、気配りもできる。それに、仕事

だって有能と聞いている。

その反面、身体の底に強烈な女の性欲を秘めていて、それが満たされないと我慢できなくなってしまうのだろう。だから、清楚でありながらも、男好きのする雰囲気がただよってしまう。セックスの匂いがしてしまうのだ。

(だとしたら、俺が義父の代わりにこの肉体を満たしてあげてもいいんじゃないか……いいんだ。いいんだ)

郁夫はそう自分を納得させて、ゆったりと腰をつかう。

剝き出しになった尻を見ながら、ウエストをつかんで引き寄せる。そうしながら、徐々にストロークのピッチをあげていく。

「あんっ……あんっ……あんんん……」

美雪は早くもシーツを鷲づかみにしている。

着物姿で、夫の留守に義理の息子を連れ込んでセックスするのは、どんな気持ちなのだろう?

(美雪はそれほど罪悪感を感じていないのではないか?)

そんな気がする。

郁夫は細腰をつかんで、速く強いストロークを打ち込んだ。

このところの二人との不倫で、郁夫自身、セックスが強くなったような気がする。

ぱちん、ぱちんと音がするほどに叩きつけていると、美雪が体勢を変えた。

両手を折り曲げて、腕の上に顔の横を乗せた美雪は、

「あんっ……あんっ……あっ……ぁああ、いいのよ、すごくいい……突き刺さってくる。あなたのおチ×チンがお腹まで突き刺さってくる……ぁああ、苦しい……でも、気持ちいい……あんっ、あんっ、あんっ、あんっ……」

と、最後は大きな喘ぎをスタッカートさせる。

体位が変わったせいか、いっそう膣が窮屈になり、そこに打ち込んでいくと粘膜が波打って、しっかりとホールドしてくる。

甘い陶酔感が込みあげてきた。

それをこらえて、深く突き立てるたびに、白足袋に包まれた小さな足がびくっ、びくっと撥ねあがる。

郁夫はもっと深いところに打ち込みたくて、美雪に右手を後ろに出させ、袖からのぞく肘をつかんで引っ張った。

その姿勢で、ぐいぐいとめりこませていく。挿入が深くなり、ひとつひとつの

ストロークが子宮口まで届く、その確かな実感がある。

「ぁああ……ああぁ……イキそう。わたし、イキそう……」

美雪が訴えてくる。

すぐに気を遣るほどに、身体はぎりぎりまでペニスを欲していたのだろう。

「いいですよ。イッて……」

美雪をイカせたい。つづけざまに打ち据えると、パチン、パチンと乾いた音がして、

「あっ、あっ、あっ……」

美雪が声を弾ませる。

膣肉がぎゅ、ぎゅっと締まってきて、そこにイチモツを送り込んでいると、郁夫もにっちもさっちも行かなくなった。

「ああ、出そうだ……俺も……」

「ぁああ、ください。ください……いいんですよ、出して……出して」

美雪がせがんでくる。

「いいんですか？」

「はい……わたしはピルを飲んでいるから、大丈夫。心配しないで……ああ、ナ

マで出して。大丈夫。信用して」

美雪がはっきりと言った。

「じゃあ、出すよ」

不安に感じないわけではないが、もう止まらない。

郁夫はスパートして、絶頂に向かって駆けあがる。

「あんっ、あんっ……あんっ……ぁあああ、イキそう。イクー」

「いいんですよ。そうら、俺も……」

力を振り絞って、叩き込んだとき、

「イク、イク、イッちゃう……ああ、来る……やぁああああぁぁぁぁ」

美雪が這ったまま嬌声をあげて、シーツを鷲づかみにした。

駄目押しとばかりに打ち込んで、

「おおぅ……ぁあああ！」

郁夫も放っていた。

脳天が蕩けていくような強烈な快感が迸り、郁夫はその絶頂感に身を任せた。

3

中庭の見える檜《ひのき》風呂で、郁夫は洗い椅子に腰かけて、美雪が背中を洗ってくれている。

郁夫がこの風呂を使わせてもらうのは初めてだ。

豪勢な総檜でできていて、今も檜特有の芳ばしい香りがする。洗い場はひろく、椅子も檜だからつるつるする。

正面の鏡のなかに、白い長襦袢姿の美雪が映っていた。

日本には湯女という、浴衣をつけた女性が男の身体を洗ってくれる制度があったらしいが、まるでそれを体験しているかのようだ。

石鹸を泡立てたスポンジで、かるく背中を擦られると、天国で愛撫を受けているような穏やかな快感がひろがってくる。

「こんなことまでしていただいて、申し訳ないですよ。ありがとうございます」

郁夫はお礼を言う。

「わたし、いつも主人の背中をこうやって流しているんですよ」

美雪はシャワーヘッドを取ると、湯加減を調節して、郁夫の肩から背中にかけて温かいシャワーを浴びせる。

それから、シャワーを自分に向けた。

細い無数のお湯の糸が振り注ぎ、白い長襦袢がお湯を吸って見る間に濡れてくる様子が鏡に映っていた。

体をひねって、直接見た。

美雪はシャワーを浴びつづけているので、長襦袢が濡れて密着し、肌色が浮かびあがっている。白い布が張りつく胸のふくらみは肌色が透け出し、その頂上に肌とは違う色の乳首がくっきりとその尖りまでもあらわにしている。

そして、水滴をしたたらせた太腿がなかば見えて、白い長襦袢の下腹部から黒々とした繊毛がはっきりと透け出していた。

「美雪さん……！」

思わず向き直ろうとすると、

「ダメですよ。まだ、途中ですから」

そう言って、美雪は郁夫をまた鏡のほうに向かせる。

それから、手のひらで石鹸を泡立て、鏡に映っている郁夫のギンギンにそそりたつ肉柱を見て、満足そうに微笑んだ。

美雪は後ろから右手を伸ばして、睾丸のほうから丁寧に石鹼を塗り込めてくる。ちゅるり、ちゅるりとソープでぬめる手のひらや指が軽快に睾丸から根元へとすべってきて、

「ぁああ、くっ……！」

郁夫は快感に呻く。

「気持ちいいですか？」

「ええ……すごく」

「よかった……主人に同じことをしても、勃たないんですよ」

そう耳元で囁き、お湯を含んだ長襦袢の張りつく乳房を、背中に押しつけてくる。

濡れた感触とたわわなふくらみの弾力が伝わってきて、郁夫のそれはますますいきりたつ。

「すごいわ……さっき出したのに、もうこんなに……」

美雪の手がぐっと伸びて、肉の柱を擦りはじめた。

ソープのついた手指でぬるり、ぬるりとしごきながら、左手もまわし込んで、

袋をやわやわとあやしてくる。

たわわな胸の弾力を感じる。睾丸もペニスもどんどん気持ち良くなってくる。

「ああ、ダメだ。こんなことされたら、俺……」

「何ですか？」

「また、来たくなる。あなたを抱きたくなる」

「……来て……わたしを抱いて。主人がいないときには連絡しますから」

夢のような言葉だった。

「ほんとうですか？　ほんとうに来ますよ」

「いらしてください……でも、奥さまは大丈夫ですか？」

「……平気ですよ。あんなやつ」

思わず吐き捨てていた。

美雪と較べたら、セックスに応じようとしない早苗など月とスッポンだ。

鏡のなかで、美雪は艶然と微笑んだ。

それから、シャワーで郁夫の下腹部のソープを洗い流す。

「こっちを向いてください」

言われるままに座り直すと、美雪が郁夫の手をつかんで、胸のふくらみに導いた。

お湯を吸った白い長襦袢越しに、乳房をやわやわと揉みあげた。頂点より少し上でツンとせりだしている突起を、指で捏ねる。いっそう飛び出してきた乳首を指先で転がすと、

「んっ……あんっ……んんんんっ……ぁあああ、これが欲しい」

美雪は郁夫の勃起を握って、しごいてくる。

たまらなくなって、長襦袢の衿元をつかんでひろげながら、肩から抜かせる。

もろ肌脱ぎにされて、ぶるんと乳房がこぼれでてきた。

たわわで、形のいい乳房は赤みを増して、乳肌が濡れて光っている。

そのふくらみを揉みしだき、乳首にしゃぶりついた。

瞬時にして硬くなった突起をれろれろと舌で弾き、含んで吸うと、

「あっ……あっ……あああうぅぅ……」

美雪は上体をのけぞらせながらも、イチモツを握りつづけている。

それから、美雪は前にしゃがんだ。

檜の床に這うようにして、郁夫の下腹部のものに舌を這わせる。ちろちろと亀

頭部をくすぐり、さらに、ぐっと咥え込んできた。

「おっ、あっ……」

夢を見ているようだ。

義父の風呂場で、その妻である美雪が這うようにして、郁夫のイチモツを頬張ってくれている。

この人が、義理の母親なのだ。信じられない。あってはならないことだ。しかし、その背徳感がなぜか興奮を呼ぶ。

濡れた長襦袢がもろ肌脱ぎになり、腰にまとわりついている。

美しい背中が見えていた。

そして、美雪は長襦袢の張りつく尻を持ちあげるようにして、一心不乱に勃起をしゃぶってくれている。

柔らかな唇となめらかな舌が分身にからみついてくる。チューッとディープスロートされると、陶酔感がさしせまったものに変わった。

「美雪さん、また入れたい……」

思わず言うと、美雪は顔をあげてにこっとし、立ちあがって濡れた長襦袢を脱いだ。

一糸まとわぬ姿になって、湯船の縁につかまり、どうぞ入れてください、とばかりに腰を後ろに突き出してくる。

「ぁああ、ちょうだい。郁夫さんの硬いものが欲しい」

そう言って、妖しい光沢を放つ尻をくなり、くなりと揺らめかせる。

郁夫は後ろに立って、いきりたつものを沈めていく。

とろとろに蕩けた肉路をイチモツがこじ開けていき、

「ぁあああ、すごい……！」

美雪が湯船をつかんで、顔をのけぞらせた。

（おおぅ、ぎゅんぎゅん締めつけてくる……！）

郁夫は動きを止めて、もたらされる快美感を味わった。

なかはいっそう練れて、柔らかな肉襞がざわざわしながら、からみついてくる。

（気持ちいい……！）

郁夫は歯を食いしばりながら、ゆったりと腰をつかった。

その頃には、もう美雪が義父の妻だという事実も頭から消え去ろうとしていた。

今はただ、この甘美な感触を味わっていたい。

前に手を伸ばして、乳房を揉んだ。

量感あふれるふくらみが沈み込みながら、柔らかくまとわりついてきて、抽送するたびに、下半身が蕩けるような感覚がひろがる。

カチンカチンになった乳首を指で転がし、トップを弾くと、

「あん、あっ……あっ……ぁあああ、いいの……郁夫さん、わたし、あなたから離れられない」

美雪が言う。

殺し文句だった。郁夫は舞いあがって、強いストロークを浴びせかけた。

「あんっ、あんっ、あんっ……」

喘ぎをスタッカートさせながら、美雪が右手を後ろに差し出してきた。こうしてほしいのだろうとその手をつかんで、引き寄せながら、強く打ち込む。

と、美雪がねだってきた。

「ねえ、寝室に行きたい。そこで、あなたとゆっくりと愛し合いたい」

「……わかりました」

「このまま連れていって……繋がったままで」

「……できますかね？」

「できると思う」

美雪は湯船の縁から手を離して、尻を突き出すようにして、前に進む。

郁夫も抜けないように腰を引き寄せながら、美雪に合わせて歩いていく。

「ぁああ、あああ……恥ずかしい。これ、恥ずかしい……」

身悶えしながらも、美雪は前傾して、一歩、また一歩と廊下を歩き、客間の和室にたどりついた。

乱れたままの布団に美雪を這わせる。

と、美雪は腹這いになって、尻だけを高く持ちあげる。その状態で、屹立をえぐり込んだ。

「あんっ、あんっ……あああああ」

美雪は艶めかしく喘ぎながらも、尻をぐぐっ、ぐぐっと突き出してくるので、郁夫はその柔らかな尻肉に吸い込まれていくような快感に、また射精しそうになった。

まだ早すぎる。いったん結合を外すと、

「そこの帯揚げで、くくってください」

美雪が帯とともに畳に置いてある赤い帯揚げを指した。

「……」

思いもしなかった要求に驚きながらも帯揚げを持つ。その間に、美雪は結ってあった髪を解いたので、漆黒の髪が枝垂れ落ちた。

そして、柔らかなウエーブヘアで顔を隠すようにして、両手を前に差し出してくる。

帯揚げは柔らかな縮緬の素材でできているから、痛くはないはずだ。

郁夫はサディストではないが、このくらいならできるし、興奮する。

「お義父さんともこういうことをしているの？」

くくりながら、おずおずと訊くと、

「たまに……」

美雪がうなずいた。

(そうか……美雪さんは性に関して貪欲だから、きっと何でも許してくれるんだろうな。いや、逆に美雪さんから求めたのかもしれない)

両手を前でくくられた美雪は乳房があらわになり、ますます色っぽくなった。

と、美雪が前にしゃがんだ。

そして、布団の上に立っている郁夫の勃起を舐めしゃぶってくる。

仁王立ちフェラだ。しかも、美雪はひとつにくくられた手を、肘を曲げてあげ、後頭部に添えるようにして、屹立を頬張ってくる。

郁夫のイチモツはさっき美雪の膣に入ったままで、いまだ粘液で濡れている。それを厭うこともせずに、美雪はねっとりと舌をからめ、唇をすべらせる。

(おおぅ、すごい……!)

献身的で、しかも情熱的だ。これ以上の女はいない。

このまま行けば、義父の嫁を寝取ることになる。だが、美雪はその危険を冒すに値する女だ。

「んっ、んっ、んっ……」

美雪が激しく唇をすべらせて、見あげてくる。

目尻のスッと切れた目を潤ませながらも、男の様子うかがうような目が、郁夫をかきたてた。

気づいたときは、自分から腰を振っていた。

後頭部をつかみ寄せ、口腔にいきりたちを打ち込んでいく。

血管の浮き出た肉柱が、ずりゅっ、ずりゅっとふっくらとした唇を行き来して、

唾液がすくいだされる。

苦しいはずだ。

だが、美雪は眉を八の字に折りながらも、まったくいやがらずに怒張を口で受け止め、悩ましい顔で見あげてくる。

たまらなかった。

怒張を抜き取り、美雪を布団に押し倒した。

ひとつにくくられた両手を頭上にあげた美雪の膝をすくいあげ、屹立を押し当てた。蕩けた入口をこじ開けていくと、ぬるぬるっと嵌まり込んでいって、

「ぁあああうぅぅ……！」

美雪が顎をせりあげる。

「くうぅぅ……！」

と、郁夫も歯を食いしばっていた。

美雪の体内はますますとろみと緊縮力を増している。

膝の裏をつかんで、持ちあげながらひろげ、屹立をめり込ませていく。

「んっ……んっ……んっ……ぁあああ、すごい……お臍まで届いてる。苦しい、苦しい……だけど、気持ちいい。おかしくなる。わたし、おかしくなる」

美雪は顔を左右に振り、髪を振り乱して言う。

両手が頭上にあがっているので、柔らかそうな二の腕や腋の下があらわになり、

たわわな乳房がぶるん、ぶるるんと縦に揺れる。

そして、持ちあげられた足の爪先が快感そのままに反りかえり、逆にたわめられる。

「ぁああ、キスして……キスして……」

美雪がとろんとした目を向ける。

郁夫は膝を放して、覆いかぶさっていく。

両手で肢体を抱きしめながら、唇を寄せると、美雪も自ら貪るように唇を吸い、舌をからめてくる。

そうしながら、きゅ、きゅっと膣を締めつける。

舌を吸われると、体内のエネルギーが美雪に吸い取られていくような気がした。

(それでもいい。この肉体を抱ければ、自分はどうなってもいい……!)

唇を合わせながら腰をつかうと、

「んんっ……んんっ……」

美雪はくぐもった声を洩らしつつも、両足を郁夫の腰に巻き付けて、ぐいぐいと引き寄せる。

「ああ、ダメだ。出そうだ……!」

唇を離して言うと、

「ください……ください」

美雪がせがんでくる。

「行くぞ」

郁夫はもっと強く打ち込みたくなって、上体を立て、美雪のすらりとした足を肩にかけた。

そのままぐっと前に屈む。

すると、美雪の裸身が腰から大きく折れ曲がり、郁夫の顔の真下に美雪の顔が来た。

郁夫は前に体重をかけ、切っ先に力を込めて、上から打ちおろす。

ぐさっ、ぐさっと槌《つち》と化したイチモツが女の坩堝《るつぼ》に嵌まり込んでいって、深々と突き刺さり、

「あんっ……あんっ……あんっ……ぁあああ、郁夫さん、好きよ、好き、好き……！」

美雪は涙ぐんでいるように見える潤んだ瞳で見あげてくる。

「おおぅ、美雪さん、俺も俺も、あなたが……」

上からつづけざまに打ちおろした。

「あんっ……あんっ……」

ひとつにくくられた両手を頭上にあげたまま、美雪は顎を突きあげる。

「ぁああ、イキそう……イキそうなの……ください。出してぇ！」

さしせまった様子で訴えてくる。

「美雪さん、美雪……ぁああ、好きだ！」

今日二度目の射精である。連続して打ち据えたとき、あの昂揚感がふくれあがった。

「出る……出すぞ！」

「ああ、来て……イクわ、美雪もイク……やぁあああぁぁぁ、くっ……！」

美雪がのけぞりながら、顎を極限まで突きあげた。

下腹部が持ちあがり、なかでぎゅ、ぎゅっと締めつけてくる。それを感じながら打ち込んだとき、郁夫も至福に押しあげられた。

「あっ……あっ……」

熱い男液を放ちながら、ぐっと下腹部を密着させる。

すると、精液を搾り取ろうとでもするように粘膜がうごめき、郁夫は残っていた男液をすべて注ぎ込んだ。
打ち終えて、がっくりとなり、すぐ隣にごろんと横になる。
西日が障子を赤く染めている。
(ああ、俺はたいへんなことをしてしまった……!)
後悔が押し寄せてきたとき、それをわかっているかのように美雪が身を寄せてきた。
上体をあげて、郁夫にやさしい笑みを送り、
「幸せでした」
胸板に頬擦りしてくる。
その温かさを感じたとき、郁夫の胸にあった後悔の念がウソのように消えていった。

第五章　同級生不倫

1

美雪とのダブル不倫がしばらくつづいたその日、美雪からケータイに電話がかかってきた。

次に逢う時の相談だろう、と郁夫は嬉々として電話に出た。だが、受話器の向こうから聞こえる美雪の声がやけに緊張している。

「何かあったんですか？」

郁夫は心配になって訊いた。

『……しばらくは逢わないことにしましょう』

「えっ……なぜ？」

一呼吸あって、

『妊娠したんです』

今度は美雪の明るい声が聞こえてきた。

「えっ……？」

郁夫の脳裏に様々なことがよぎった。

美雪は無言のままだ。

「それは……つまり、俺の……？」

『いえ、そうではないと思います』

「でも、美雪さんは、その、社長はもうエレクトしないからと……」

『あれは真実ではありません。じつは、あなたに内緒で主人とも……あなたに愛されたくて、ウソをついていました。ゴメンなさい……主人とするときはピルは飲んでいなかったので、たぶん、主人の子だと思います』

騙されていたのだという不信感もあったが、それより、自分の子ではなく、豊太郎の子供であることがわかり、それなら、祝福しなくてはと思った。

「……そうですか。おめでとうございます」

『ありがとうございます。それで……奇跡的に授かった子を大切にしたいんです。ですので、もう、郁夫さんとは逢わないようにしようと……逢ったら、抱かれたくなってしまうので……』

ケータイの向こうで、決意の滲む声が聞こえた。

美雪のくだした決断は残念ではあるが、子供を宿した女としては当然の判断だろう。むしろ、妊娠を祝福すべきだ。

気になっていることを訊いた。

「……それで、妊娠の件は社長には？」

『はい、伝えました。とても喜んでいました』

美雪の弾んだ声がする。

(そうか……社長がそれを喜んだということは、自分が美雪の身体にタネを植えつけたという確信があるからだろう。そうか……ならば、いい……)

「わかりました。二人のことは金輪際他言しないから、安心してください」

『ありがとうございます。まずは、郁夫さんにご連絡をと思いまして……』

「伝えていただいてよかったです。いい子を生んでください。あっ、でも、逢うだけなら……」

『無理です。すみません……すごく幸せでした。さようなら』

最後に美雪はそう言って、あっさり電話を切った。

郁夫は電話を終えて、しばらく呆然としていた。

それでも時間が経過するにつれて、少しずつ疑問が蒸し返してきた。

(ほんとうに義父の子なんだろうか？　もしかして、俺のタネであることを隠しているんじゃないのか？)

あのとき、美雪は義父の心臓の持病にかこつけて、郁夫の血液型を訊いた。A型と聞いたとき喜んでいたが、あれは輸血の問題ではなく、たとえば郁夫のタネを宿したとき、豊太郎と同じA型だから判別はつかないと考えたのではないか？

美雪はとにかく、子供を孕みたかったのではないだろうか？　だから、豊太郎が不能だとウソをついた――。

それに、閨の床を覗いたとき、義父はあそこをギンギンにさせていた。あれほど勃起させていた豊太郎が、数カ月経ったからと言って、そう簡単にEDになるはずがない。やはり、ウソをつかれていたのだ。

(そうか、美雪さんは義父でも俺のタネでもどちらでもよかったんだろうな)

豊太郎はすでに古希を迎えていて、妊娠の確率は低いはずだ。

（それで、俺の元気な精子を欲しがったのか……）

そう考えると、いろいろと納得がいく。

美雪はピルを飲んでいるからと、中出しを執拗にせがんできた。

（そうか、きっとそうだ……）

美雪は郁夫を好きだと言っていたが、あれはたんに郁夫を落とすための戦術だったのではないだろうか。

そして、待望の妊娠を果たした今となっては、もう郁夫など必要なくなったのだ。美雪はとにかく、豊太郎との間に子供を作って、自分の地位をしっかりと築きたかったのだろう。財産分与だって違ってくる。

（……しかし、子供の父親は誰なんだろう？　俺か、それとも義父か？）

もしかしたら、それは美雪にさえもわからないのではないだろうか？

（……どっちだっていい。とにかく、義父と美雪は結婚しているんだ。そして、できた子供を義父が喜んでいるというのだから、それでいい。義父の子供でいいんだ……きっと、そうだ。俺とするときはピルを飲んでいると言っていたじゃないか……）

郁夫は迷う自分をそう納得させた。

それでも、心の底では、美雪が郁夫と逢いたくなって、連絡をくれるのではないかという淡い期待を抱いていた。

だが、日時が過ぎても、美雪からのお呼びはかからず、さらに、美雪の妊娠が早苗たちにも告げられて、家族の空気は微妙に変わっていった。

2

その日、K不動産の支店で、郁夫はパソコンにデータを入力していた。

主任だから、訪れた顧客の対応は基本的に社員に任せ、いざというときに出陣するシステムになっている。

客に対応する社員は、以前に森田純子との関係を本社に密告したと考えられる石井礼子と、本社が監視のために遣わしただろう萩原徹子と、若い男性社員の山《やま》本昭夫《もとあきお》の三人だから、郁夫が心を許せる社員はひとりもいなかった。

そんななかで、主任としての職務をたんたんとこなす日々は、郁夫にはつらいものだった。

あれから美雪と二人で逢う機会はなく、身も心も寂しさだけが募る。ふとした折りに美雪との濃厚な情交が思い出されて、股間が疼く。

終業間際になり、オフィスに入ってきた顧客の女を見て、郁夫はアッと目を見開いた。

(永島《ながしま》まり子……?)

化粧は濃いし、随分と身体が肉感的になったが、相変わらずきれいだ。

郁夫は小中学校とまり子と同級生で、最後に逢ったのは八年ほど前の中学の同窓会だった。

郁夫と同年齢だから、当時まり子は二十七歳ということになる。

東京の大学に進み、東京で結婚していたはずだ。その後も故郷に帰ってきたというウワサを聞いていなかったから、東京に在住しているのだと思っていた。

そのまり子が入口でぐるっと事務所を見まわし、郁夫を見つけたのか、

「……楠本くん?」

郁夫と目を合わせて、確かめるような目をした。

「ああ。やっぱり、永島さんか……おひさしぶりです。部屋さがしですか?」

郁夫が応じると、まり子がうなずいた。

「同級生だから。俺が担当するから」

社員にそう言って、郁夫はカウンターの席に腰をおろし、まり子を呼ぶ。

「びっくりしたわ。まさか、楠本くんと逢えるなんて。ここで働いていたんだ」

「ええ……俺もびっくりですよ。地元に戻ってきたんですか？」

「……まあ、いろいろとあって……」

まり子が目を伏せて、前の椅子に着席する。

「では、まずここにお名前や希望する部屋などを記載していただけませんか？」

用紙を差し出すと、まり子が記入をはじめた。

かるくウエーブした髪は美雪と似ていて、ドキッとしてしまう。だが、顔はまり子のほうがふっくらしている。ニットのノースリーブを着ているのだが、胸のふくらみが迫力充分にせりだしている。

記入を終えたまり子に、訊ねた。

「部屋はこの条件でいいんですね？」

「ええ……女ひとりだから、安全性の高いマンションがいいかなと……」

「そうですか……調べてみます」

郁夫はパソコンを使って、その条件に合った賃貸部屋をさがし、良さそうな物件をプリントアウトした。

　それを見せて、意見を求める。印刷された物件を見比べていたまり子が、

「これなんか、いいかもです」

　郁夫を切れ長の目で見た。

「俺もいいと思います。早速、見ますか？」

「今からでも大丈夫ですか？」

「一応連絡を入れてみるけど」

　郁夫は会社に連絡して、内見の承諾を得た。

「行きましょう」

　カウンターを出ると、まり子も後をついてくる。

　近くの駐車場で社車に乗り、隣にまり子を乗せた。

　運転しながら、昔のような口調で訊いた。

「ご家族とは一緒に住まないの？」

「ええ……離婚してから、両親とは折り合いが悪くて」

「離婚したんだ？」

「ええ……五年前に。それから、東京で働いていたんだけど、いろいろあって、

地元に戻ってきたんですよ」

助手席に座ってそう答えるまり子は、やはり八年前の幸福の絶頂にいただろう時期と較べて、少し疲れているように見えた。

つらい時期を過ごしてきたのだろうか。

だが、雰囲気は逆に色っぽくなった。タイトなスカートからこぼれる太腿はむっちりとして肉付きがよく、タイトフィットのニットが張りつく胸は横から見ると、せりだし方がハンパではなかった。

それに、甘いパヒュームの香りが鼻孔をくすぐってくる。

まり子のことをもっと知りたくなって、訊いた。

「こっちに戻ってきたのは、何か理由があるの？」

「都会での暮らしにちょっと疲れてしまって……わたし、じつは夫と別れてから、ずっとホステスをしていたの」

「へえ……驚いたな」

「贅沢したかったから……でも、ホステスってすごく精神的にも疲れるのよ。さすがに五年つづけると、もう無理だなって……」

「それで、田舎に帰ってきたんだ。仕事は？」

「医療事務が決まっているの。ほら、S病院の」

「ああ……あそこね。よかったじゃないか」

「ええ、わたし、医療事務の資格を持っているから。取っておいてよかったわ」

「田舎でゆっくりと働けばいいよ」

「やさしいことを言ってくれるのね。昔から、楠本くん、やさしかったものね」

「そうでもないよ」

自分はやさしいと言うより、優柔不断なだけだ。

しばらく無言がつづき、郁夫は素直に感想を述べた。

「だけど、八年前の同窓会で逢ったときは、すごく幸せそうに見えたし……ご主人と別れるなんて思いもしなかったな」

「……同窓会の夜、じつは主人、わたしがいないのをいいことに、浮気していたのよ。他の女と逢っていたの。ひどい男でしょ?」

郁夫は無言で、車を運転する。

自分も一時、美雪や純子と不倫していたから、その浮気したダンナをとやかく言う資格はない。

「もう、結婚は諦めているのよ」

「まだ三十五歳だろ？　早すぎるよ」

「もう結婚して、やっていく自信がないのよ」

まり子が深い溜め息をついた。

その憂いに満ちた横顔に心が揺れた。

中学のときに、まり子のことが好きだった。告白しようかと思ったこともあったが、まり子が他の同級生とつきあっていると聞いて、諦めた。

そういう相手と偶然の再会を果たしたのも、何かの縁かもしれないと思う。

「楠本くんはどうなの？　奥さまとは上手くいっているの？」

「どうなんだろうね……」

郁夫は曖昧に答える。

「聞いてるわよ。あれでしょ？　相手はK不動産の社長の娘でしょ？　上手くやらなくちゃ、ダメじゃないのよ」

「知っていたんだ。じゃ、今日うちに来たのも？」

「いえ、あそこに勤めていることは知らなかったわ。驚いたのは事実よ」

「そうか……そろそろ着くよ」

郁夫はマンションの駐車場に車を停めて、管理人に鍵を借り、エレベーターであがっていく。

このへんでは珍しい八階建てのマンションで、警備会社も使っているから、女性のひとり住まいでも安心だ。

505号室の鍵を開けて、室内に入る。なかは振り分け式の2DKの間取りで、キッチンもバストイレも清潔感がある。女性がひとりで住むには充分だろう。だが、ここは東京と較べて格段に家賃が安いので、東京でワンルーム分の家賃を出せば、充分に借りられる。

部屋をつぶさに見て、まり子は気に入ってくれたようで、

「いい感じ。ここにするわ」

と、即決した。

「他も見たほうがいいんじゃないの？」

「わたし、何でもピンと来たら、即決することにしているの。それで、ダンナは失敗したんだけどね」

まり子が破顔する。屈託のない笑顔だから、もう彼のことを引きずってはいないのだろう。

「じゃあ、明日までに書類を作っておくよ」

「そうして……ねえ、これから楠本くんはどうするの？」

「事務所に戻って、書類を作るよ」

「すぐに終わるんでしょ？」

「ああ……」

「じゃあ、そのあとで、どこかで呑もうよ。ひさしぶりだし……実家に戻っても居心地悪いだけ……。わたし、契約するのよ。そのくらい、してくれてもいいんじゃないの？」

かつて好きだったことがある女性にそう誘われると、気持ちが動いた。

正直なところ、郁夫も帰宅して、早苗の顔を見るのがつらかった。妻はいまだに、郁夫が約束を無視して寺島家に泊まったことを怒っており、夫婦の営みに応じようとしない。

どうやら、郁夫を美雪側の人間として見ているようで、身体を許すのがいやなのだろう。

女同士の軋轢をもろにかぶっている感じだ。

いや、そもそもその前から二人の夫婦生活は破綻していたのかもしれない。

おそらく、早苗の郁夫に対する愛情は冷めている。それだから、きっと子供もまだできないのだ。するべきことをしなければ、子供はできない。

もし、美雪が宿している子供のタネが自分のものだとすれば、悲劇と言うべきか喜劇と言うべきか。

「わかったよ。駅前の居酒屋Mがあるだろ? あそこに、八時にしようか?」

「いいわ」

「事務所までは乗っていくだろ?」

「ええ……」

郁夫は部屋を出て、マンションの駐車場でまり子を車に乗せた。

3

郁夫は居酒屋Mの個室で、まり子と呑んでいた。

まり子は着替えていて、ペパーミントグリーンの胸の大きく開いたワンピースを身につけていた。おそらく、東京でクラブ勤めをしていた頃に着ていたのだろう。まるで、クラブ嬢とアフターに来ているような雰囲気である。

料理を食べながら、日本酒を呑むうちに、郁夫は酔ってきた。

まり子も酔いがまわっているのか、色白のきめ細かい肌が仄かに朱色に染まっている。

「あの不動産屋を選んでよかったわ。楠本くんに逢えたんだもの。よさそうな部屋を紹介されたしね。あなたのお蔭よ」

まり子がぐっと身を乗り出してきた。

前屈みになったので、ワンピースの胸元がひろがって、大きなふくらみがのぞいた。その見事なふくらみと深い胸の谷間に視線が吸い寄せられてしまう。

美雪と最後の情事を交わしてから、もう三カ月が経過して、郁夫の下半身もぎりぎりまで欲望が溜まっていた。そのせいだろう、まり子の容姿や所作にイチモツが力を漲らせてしまう。

以前はこんなことはなかった。

きっと、美雪を何度も抱いて、郁夫の遅咲きの性が目覚めてしまったのだろう。

それに、ひさしぶりに逢ったかつての同級生は、想像よりはるかに色っぽくなっていた。

隙のある女に、男は惹かれる。そして、まり子はいい意味での隙のようなものを身につけていた。

「俺も運がよかったよ。永島さんに再会できて……」

「もう……その永島さんってやめてよ」

「どう呼べばいい？」

「まり子でいいわよ」

まり子が頬杖を突いて、髪をかきあげながら見つめてきた。その誘うような視線にドキッとしながらも、

「じゃあ、二人のときはそう呼び合うことにしようか……何しろ、まり子さんは俺が片思いしていた相手だからね」

郁夫は言う。酔って、口がかるくなっていた。

「ふふっ、何か、雰囲気が変わったね。同窓会から八年も経っているんだから当然かもしれないけど……でも、変わったわ」

「どんなふうに？」

「どう言ったらいいんだろう？　男の色気が出てきた感じがする。結婚したから？」

まり子が上目づかいに見る。

「……どうだろうね。違うんじゃないか？」

「やっぱり女よね。郁夫さん、女の修業をしたでしょ？　すごくいい女とつきあったんじゃない？　そんな気がする……わかるのよ。わたしも長い間、クラブでいろんな男を見てきたから」

「違うと思うぞ……」

「そうよね。社長の娘を嫁にしながら、不倫していたことがばれたら、たいへんだものね」

まり子が意味ありげに郁夫を見た。

女は怖い。とくに、まり子のように長い間、水商売をしてきた女には男心など簡単に読めてしまうのだろう。

「不倫が怖いの？」

まり子が値踏みするような目で見た。

「べつに、怖くはないよ。ばれなければいいんだから」

郁夫が強がって言うと、まり子が座卓をまわって、隣に来た。

ぐい呑みにお酌をしてから、耳元で囁いた。

「ねえ、この近くにラブホがあるでしょ？　行かない？」

そのラブホテルは、以前に純子を連れ込んだその同じホテルだ。

「いや……無理だよ」

「やっぱり、弱虫じゃない。変わってないんだ」

「そうじゃないさ」

「じゃあ、行こうよ。平気よ、わたしはこのこと一切喋らないから。水商売をしていた頃から口だけは固かったのよ……大丈夫よ。泊まらないようにすれば……それとも、奥さまが怖いの？」

早苗にはさっき電話で、仕事で同級生に再会したから、帰りは遅くなると言ってある。

（自分は美雪に利用されて、捨てられたのだ……）

きっとそんな気持ちが、自分を半ば捨て鉢で、大胆にさせているのだろう。

「……行こうか」

郁夫は伝票をつかんで立ちあがった。

入ったラブホテルの一室は、以前に純子と来た部屋とは違って、壁に鏡は張られていない。その代わり、大きなソファとカラオケ設備がある。

部屋でまり子を抱きしめて、キスをする。

「んんっ……んんんっ……」

くぐもった声を洩らすまり子のしなやかな肢体を撫でさすり、ワンピースの張りつくヒップを撫でまわした。

まり子はいったんキスをやめて、

「もう、エッチな触り方なんだから」

甘えた声で耳元で言う。

「そうだよ、俺はエッチだよ。もともとエッチだってことが、今になってようやくわかってきたんだ」

「ふふっ、偉いわ。成長したわね、楠本くんも」

笑いながら言って、まり子が手をおろしていき、ズボンの股間をさすりはじめた。

たちまち力を漲らせる分身をズボン越しに揉みながら、自分から唇を寄せてくる。

キスをされながら、股間のものを握りしごかれると、わずかに残っていた後ろめたさが見事なまでに消えていった。

まり子が唇を離して、言った。

「カチンカチン……わたし、男の人のここを触るのひさしぶりなの」

「そうなの？」

「ほんとうよ……ホステスって意外と身持ちが堅いのよ。ねえ、シャワーを浴びたいわ」

「いいけど、その前に……」

ワンピースの裾をたくしあげて、太腿の奥をまさぐる。ホステスのような格好をしたまり子を抱きたかった。

若い頃は地元の繁華街にあるキャバクラに何度か行った。なけなしの金を使ってアフターで連れ出しても、ホステスを抱くことはかなわなかった。

せっかくの機会だ。その夢を実現したかった。

「しょうがないなぁ……」

まり子は郁夫に抱きつくようにして、大きなベッドに倒れ込んだ。

ウエーブヘアが散り、裾がめくれて、むっちりとした太腿がのぞいた。

仰向けになったまり子ののけぞった首すじにキスをして、胸のふくらみを揉みしだく。

ノースリーブのワンピース越しに乳房をしっかりととらえて、充分なふくらみに指を食い込ませ、片方の膝を足の間に押し込んだ。

「んんっ……ぁああ……あああ……」

まり子は両手を頭上にあげて、腋の下をさらし、顎をせりあげながら、ふっくらとした恥丘をぐいぐいと膝に擦りつけてくる。

(よほど、寂しかったんだろうな)

東京で夢破れて故郷に戻ってきた同級生を、抱く。

そのことに、郁夫は懐かしいものに触れているような、不思議な昂揚感を覚えていた。

襟元からのぞくゴム毬のようなふくらみにキスを浴びせ、揉みあげる。

「ぁああ、あああ……」

まり子は気持ち良さそうに顔をのけぞらせ、しなやかな手で郁夫の頭髪とワイシャツの背中をさすってくる。

郁夫は胸元のひろい開いたワンピースをぐいと押しさげる。

ペパーミントグリーンのワンピースが引きおろされて、ナマ乳がこぼれでる。

お椀を二つつけたような乳房は丸々として、ミルクを溶かし込んだような白さだが、乳輪と乳首はセピア色に輝いていた。

まり子は中学のときから、胸が大きかったが、今はもうその数倍にも成長しているような気がする。

しゃぶりついた。乳首を舐めながら、もう片方のふくらみも揉みしだく。

突起がたちまち硬くしこってきて、そこを舌で上下になぞり、丸く円を描くように舐めると、

「ぁあぁ……感じる。感じるの……楠本くんとできて、うれしい。うれしい……ぁあぁ、あうぅ」

まり子は郁夫の頭部をつかんで、胸に引き寄せる。

そう言われると、郁夫としてもまり子をもっと感じさせたくなる。自分に身を任せてよかったと思ってほしい。

乳首が唾液にまみれて、いっそうぬめりを増し、まり子はぐぐっと顎をのけぞらせる。

郁夫は乳房をあやしながら、右手をおろしていく。

つるっとしたワンピースをまくりあげて、奥に手を届かせると、パンティストッキング越しに柔らかな恥部を感じた。

乳首を舌で転がしながら、基底部を撫でると、そこがパンティストッキングの上からでも濡れてきて、パンティが湿ってくるのがわかる。

胸から顔を移して、足の間にしゃがんで、膝をすくいあげた。

透過性の強い肌色のパンティストッキングを通して、ラベンダー色のパンティが透けて見える。

その上から舐めた。パンティストッキングのざらざらぬめぬめした感触とともに、舌が上下にすべり、見る見る唾液が沁み込んでいく。

「ぁああ……ねえ、じかに舐めて……直接欲しいの」

まり子が顔を持ちあげて、潤んだ瞳を向けてくる。

「わかった。脱がすよ」

郁夫はパンティストッキングとパンティに手をかけて、一気に引きおろす。足先から抜き取ると、自然のままに繁茂した恥毛が自己主張するように逆立っていた。

その渦を巻いたような翳りの流れ込むあたりに、顔を寄せた。

ふっくらして肉厚な陰唇がわずかにひろがって、鶏頭の花のように波打つ肉びらの縁は蘇芳《すおう》色に染まり、その狭間は濃いピンクをのぞかせていた。

好き者のオマ×コだと感じた。

中学のときもマセていて、すでに女の色香をただよわせていた。この好き者のオマ×コで何人もの男のペニスを咥え込んできたのだろう。しかし、それがいやかというと違う。むしろ、割り切ることができる。セックスの相手としてつきあうには、最適の女だという気がする。お互いに寂しさを抱えている。それを二人なら満たし合うことができるのではないか？

狭間に舌を這わせると、ぬるっ、ぬるっと舌がすべって、

「ぁああ……あああ、感じる……」

まり子が顎をせりあげる。

その頃には、郁夫の分身ははち切れんばかりにエレクトしていた。

郁夫はワイシャツとズボンを脱ぎ、ブリーフもおろした。

股間のものがそそりたっているのを見て、まり子が手招いた。

「来て……」

言われるままに、まり子の顔面をまたぎ、勃起を口に押し当てる。すると、まり子が口を開いたので、郁夫は前に屈みながら、屹立を押し込んだ。

まり子は苦しそうに顔をしかめながらも、しゃぶりついてくる。いっぱいに頬張り、肩で息をする。

郁夫は両手を前に突き、いきりたちを押し込んでいく。腰を振ると、屹立も上下に動いて、まり子の口腔を犯す。

ずりゅっ、ずりゅっと怒張を口に抜き差しされながらも、まり子はいやがることなく一生懸命に頬張りつづける。

ぐちゅぐちゅと音がして、ぬめ光る唾液が口角から伝い落ちた。

郁夫が動きを止めると、まり子は自分から顔を上げ下げして、勃起に唇をすべらせる。

この姿勢で顔を振るのはそうとうつらいだろう。だが、まり子はぎゅっと目を瞑りながらも、一心不乱に唇をからめてきた。

4

ワンピースを脱いだまり子が一糸まとわぬ姿で仰向けになって、乳房と股間を手で隠している。

羞恥心をのぞかせながらも、きめ細かいもち肌を上気させて、目を閉じている。そのすべてをゆだねたような姿が、郁夫をかきたてた。

「いいんだね？」

挿入の前に確認をする。

「いいわよ。来て」

まり子がうなずいた。

膣口に押し当てて慎重に沈めていくと、切っ先がとば口を押し広げていき、

「はうぅ……！」

まり子が顔をのけぞらせて、右手の甲を口に押し当てた。

（ああ、これが永島まり子の……！）

中学のセーラー服をつけていたまり子の姿が一瞬、脳裏をかすめた。

温かくて、ぬるぬるしたものがひくつきながら、屹立にからみついてくる。

熟れたオマ×コだと感じた。柔らかくて、まとわりつくような感触は美雪以上だった。

「くっ……！」

快感をこらえて、ゆっくりと抜き差しをする。曲げた膝を上から押さえつけな

がら、打ち込んでいく。

「うっ……うっ……」

と、まり子は今にも泣き出さんばかりの顔に手の甲を押しつけて、仄白い喉元をさらす。

ピストンを速めていくと、まり子は両手でシーツを鷲づかみにした。

「感じる……楠本くんのおチ×チンを感じる。ぁああ、カチカチが内臓を突きあげてくる。ぁああ、あっ、あっ……」

喘ぎをスタッカートさせる。

打ち込むたびに、たわわな乳房が豪快に縦揺れして、頂上の乳首も縦に動く。

蕩けた粘膜が亀頭冠に柔らかくまとわりついてきて、ぐっと快感が高まった。

曲がっていた膝を伸ばして、V字に開かせ、前に押して、その状態で怒張を押し込んだ。

「うあっ……これ、いいの……ぁああ、突き刺さってくるぅ」

まり子はあからさまな言葉を口にして、シーツが皺になるほどに握りしめる。

まり子の身体は開発され尽くしていた。

こんな言い方をしては失礼だが、充分に美雪の代わりになる肉体だった。

まり子なら、美雪の不在を埋めてくれるだろう。

きっちりとイッてもらって、これからも自分に抱かれたいと思わせたい。

郁夫は足を離し、ほどよくくびれた腰に手をまわして、引きあげる。

ブリッジしたみたいに弓なりになったまり子の腰を引き寄せながら、腰をつかう。持ちあがった膣に硬直が突き刺さっていき、

「あっ、あっ……あっ……！」

まり子は両手をベッドに突いて、ブリッジしながら、喘ぎをこぼす。

もっといろいろな体位を試したかった。

郁夫はベッドに座り、まり子の腰に手をまわして、ぐっと引きあげる。途中からまり子は自分から起きあがってきて、郁夫の肩をつかんだ。

対面座位の格好である。

丼を二つつけたような乳房から、セピア色の乳首がせりだしている。

そこを舐めて、しゃぶった。

「ぁああ、感じる……感じるの……気持ちいい……」

まり子は肩につかまって、腰を前後に揺らし、恥肉をぐいぐいと擦りつけてくる。

「ぁあぁ、あああぁ……ほんとうにひさしぶりなのよ。よかったわ。帰ってきて、楠本くんに逢えて」

　抱きつくようにして、耳元で言う。

「楠本くんのおチ×チン、ぴったりなの。すごくいい。きっと、相性がいいんだわ」

　うれしそうにしがみついてくる。

「上になって腰を振れる？」

「ふふっ、いいわよ」

　郁夫は上体を後ろに倒して、仰向けに寝る。

　すると、まり子は開いた膝をベッドにつけ、腰をくなり、くなりと前後に打ち振って、

「ぁあああ、ぐりぐりしてくるの。ぁあああ、あああ……」

　気持ち良さそうに顔をのけぞらせる。

　それから、両手を差し出してくるので、郁夫は下から指をからめて、その手を支え持った。

　と、まり子はぐっとその手に体重をかけ、少し前屈みになって、腰を縦に振っ

た。とろとろの膣が上下にすべって、イチモツが揉み抜かれる。

「あっ、あっ、あん……」

肉感的な肢体が弾み、そのたびに乳房も揺れて、屹立が衝撃を受ける。

尻が落ちてくる頃合いを見計らって、腰を撥ねあげると、屹立が膣深く入り込んでいき、子宮口にぶち当たって、

「あんっ……あんっ……ぁあああ、もうダメっ……響くの。頭に響いてくる……ぁああ、あああああ、くっ……！」

まり子は一瞬のけぞって、がくん、がくんと痙攣しながら、どっと前に突っ伏してきた。

はあはあはあと息を切らして、ぎゅっとしがみついてくる。

気を遣ったのだろうか？

だが、すぐにまり子は顔をあげて、ちゅっ、ちゅっと唇にキスをしてくる。

そのとき、郁夫はあることを思いついた。

美雪にされて、今も強く心と体に残っている体位を。

「悪いけど、後ろを向いてくれないか？」

「もう、ほんとうにスケベなんだから。わたしのお尻を見たいんでしょ？」

まり子が言う。ちょっと違うが、それでもいい。

「ああ……頼むよ」

「いいわよ」

まり子は上体を立て、突き刺さっている肉柱を軸に慎重にまわっていき、真後ろを向いた。

「そのまま、前に屈んで、向こう脛を舐めてくれないか？」

「向こう脛？」

「ああ……」

「こんなの初めてだから、上手くできるかどうかわからないわよ」

「いいんだ」

美雪との思い出のプレイを再現してほしかった。まり子には申し訳ないと思うが、言わなければ事情はわからないだろう。

まり子はぐっと前屈みになって、向こう脛に舌を走らせる。

つるっとしたこの世のものとは思えない快美感が走り抜け、イチモツがびくっと頭を振った。

「すごいわ、今、あれがびくって……これが、そんなに気持ちいいの？」

「ああ、気持ちいいよ。天国だよ」

まり子も美雪と同じで、男を悦ばせることで、自分も高まるタイプなのだろう。ためらうことなく、舌を走らせてくる。

ふかふかの枕に頭を乗せて持ちあげると、まり子の大きな尻がぐっとこちらに向かってせりだしているのが見えた。谷間にはセピア色の窄まりがひくつき、その下で、膣口が肉棹をしっかりと咥え込んでいる。

まり子が膝から足首にかけて舐めあげていくと、尻も前に出て、咥え方が浅くなり、勃起が姿を現す。

美雪と同じことをしてもらっているのだ。

当時の興奮がよみがえってきて、郁夫は尻たぶを撫でまわした。

「ぁあああん、ほんとスケベなんだから。楠本くんがこんなにエッチだなんて……」

まり子が言う。

「悪かったね」

「いいの。わたしはスケベな男のほうが好きよ。こっちもスケベになれるから」

そう言って、まり子は脛から足首にかけて舐めあげていく。

つるっ、つるっと舌が足をすべって、ぞわぞわっと快感が走る。

脛を唾液でべとべとにして、まり子が上体を持ちあげる。

そして、腰をしゃくりあげるように使う。

硬直が揉み抜かれ、尻たぶがきゅっ、きゅっと窄まって、アヌスも膣も締まる。

「ぁああ、感じる。すごく感じる……もう、止まらない」

まり子がくいっ、くいっと強烈に膣を締めつけてくる。

猛烈に自分から打ち込みたくなった。

郁夫は腹筋運動の要領で上体を持ちあげ、それから、繋がったまま足を抜いて、まり子の後ろについた。

四つん這いになって、まり子は高々と尻を持ちあげ、上体を低くする。

女豹のポーズが、美雪とはまた違う肉感的なエロスをかもしだしている。

尻が大きいから、迫力がある。

尻をつかみ寄せて、ぐいぐい打ち込んだ。

まったりとした膣の粘膜がからみついてきて、抜き差しするたびに、郁夫も徐々に快感が増してくる。

「ぁあああ、いい……後ろからされるのが好きなの。犯されているような気がして……」

まり子が言う。

「意外にマゾっけがあるんだね？」

「女ってみんなそうでしょ？　こんな恥ずかしい格好で、硬く長いおチ×チンで突きまくられるのよ。マゾでなければ、耐えられないわよ……あなただって、Sっけがあるから、興奮するのよ。女がMで男がSでなければ、セックスは成立しないわ」

「それはそうだな……じゃあ、Sっけを存分に発揮させてもらうよ」

郁夫は尻を撫でまわし、時々、ぎゅっとつかみながら、腰を打ち据えた。

量感あふれる尻肉が弾み、

「あんっ、あんっ、あんっ……ぁああ、イキそう。わたし、イクわ」

まり子が訴えてくる。

「いいよ、イッて……そうら、イクんだ」

まり子の右腕を後ろに引き寄せて、思い切り叩き込んだ。

深くえぐった硬直を、よく締まる膣粘膜がぎゅ、ぎゅっと締めつけてくる。

「ぁああ、ダメッ……もう、ダメっ……来て。来て……ぁあああああ、イキそう……」

郁夫がたてつづけに奥まで届かせたとき、

「イクぅ……くっ……！」

まり子は半身で上体を反らし、がくん、がくんと腰を前後に打ち振りながら、精根使い果たしたように前に突っ伏していった。


ひと足先にシャワーを使った郁夫がソファでケータイを見ていると、バスローブをはおったまり子がバスルームから出てきた。しどけなく太腿をはだけさせて郁夫の隣に座り、

「見せて」

ケータイを奪い取る。

「よせよ」

「いいじゃない？　見られちゃマズいものでも入っているのかしら？」

「そんなものはないよ」

美雪との間で交わしたメールはひとつ残らず削除してある。

「あら、けっこう写真を撮っているのね」

まり子はホステスをしていて、客に多くの勧誘メールを送っているはずだから、ケータイの扱いに慣れているのだろう。

写真を画面に出して、スクロールして見ている。

「よしなさいよ」

「いいじゃないの。これが奥さまね。けっこう、かわいいじゃないの……これは……？」

まり子が画面に出したのは、義父の結婚披露パーティのときの写真で、そこには正装した豊太郎と白いドレス姿の美雪が映っている。

「俺の義父である寺島社長と、数カ月前に結婚した壺井美雪だよ」

言うと、まり子が眉をひそめてじっと写真を見て、

「わたし、この人、知ってる。美雪さんだっけ？」

「それは、あれだろ？　ここの出身だから、見たことがあるんだろ？」

「そうじゃないわ。東京でホステスをしていた人よ。源氏名は『セリナ』だったけど、間違いないわ、この子よ」

「聞いてないな。人違いじゃないの？」

「絶対にこの子よ。だって、わたしとは違うクラブで働いていたんだけど、若い

のにナンバーワンで、そのへんでは有名だったから。アフターで何度か見たことがある」

「ほんとうにそうなのか？」

「間違いないって……この顔、間違えっこないわよ」

まり子がこれだけ確信を持って言うのだから、事実なのだろう。

確かに、美雪はしばらく東京にいた。その頃に、ホステスをしていたとしてもおかしくはない。そうか……それで、着物を着慣れていたんだ。

ホステスは時々着物を着て、客に接するときがある。

（なるほど。あの人懐っこいのに、エロい雰囲気はその時代に身につけたのか？）

得心していると、まり子が言った。

「セリナさん、たいへんだったらしいのよ。彼女、稼いだお金をすべて若い実業家に貢いでいたらしいの。その彼が突然、失踪したのよ。それで、店に未払いのお金もかなりの額があって、彼女はそれをすべて店に返して、店を辞めたのよ。すごく可哀相だった……あの界隈では有名な話よ」

「ほんとうだろうね？」

「ええ、ほんとうよ。わたしがウソをつくわけないじゃないのよ」

(そうだったのか……!)

美雪がナンバーワンになれたのは、何となく納得できる。しかし、その金を男に貢いでいたとは……。しかも、その男に裏切られたとなれば、ショックも大きかっただろう。

(そうか……!)

男性不信に陥っていた美雪は、豊太郎とも結婚という明確な形を取らなければ、不安だったのだろう。

子供を欲しがったのもそのせいかもしれない。

結婚して子供を宿して初めて、裏切られないという確信を持ったのではないか?

それならば、美雪の行動も理解できる。

(美雪さんが結婚したのは、財産目当てじゃないんだ)

美雪がホステスをしていことはちょっとショックだったが、それ以上に、美雪の行動の意味がつかめた気がして、郁夫はどこかでホッとしていた。

「でも、郁夫さんもあの人には気をつけたほうがいいわよ。かつてのナンバーワンには、男をその気にさせるなんて、朝飯前なんだから。義理の母に誘惑されたりしたら、笑えないからね」

「わかってるよ。そんなことあるわけがないじゃないか……それに、それを言うならまり子だってそうだろ？　俺を落とすなんてわけもないことじゃないのか？」

「あら、わたしは違うわよ。ナンバーワンにはほど遠かったから……わたし、そんなにモテないから、安心して……」

まり子は、郁夫の飲みかけの缶ビールを呷って、ビールを口に含んだ。

それから、郁夫の前にしゃがみ、半勃起状態のイチモツを頬張ってくる。

「あっ、おい……くうぅぅ」

口に含まれていたビールがペニスに沁みた。

おそらく尿道口から忍び込んでくるのだろう、ビールの炭酸とアルコールがじわじわと沁みてくる。

「やめろって……」

まり子はいさいかまわず、ビールを口からあふれさせながら、屹立をくちゅくちゅと頬張った。

第六章　新社長との一夜

1

三年後、郁夫はまり子の部屋で情事を終えて、ベッドに寝転がっていた。

あれから、美雪は無事に男の子を生み、卓弥《たくや》と名付けられた男児は成長して、二歳になった。現在、豊太郎の要望もあって、美雪は育児をベビーシッターに任せて、秘書として、豊太郎の仕事を助けている。

そして、郁夫はいまだまり子と関係をつづけている。

自分が紹介したマンションの部屋で、その顧客でもあり、同級生であったまり子と三年も肉体関係をつづけているのだ。

長い不倫だが、セックスを求めても、妻がそれに応じないのだから仕方がない。一年に何度か抱くのだが、それでは妊娠しないのだろう。二人の間にはまだ子供ができない。

まり子がバスルームから出てきた。

バスローブをはおったまり子はいまだ病院事務の仕事に就いている。

三十八歳になって、幾分ふくよかになったが、セックスは円熟味を増してきている。

石鹸の匂いをさせたまり子がベッドに入って、身を寄せてきた。

「ねえ、次はいつ逢える?」

「そうだな……」

郁夫はケータイを見て、スケジュールを確かめる。

「再来週の月曜あたりかな」

「もっと早く逢えないの?」

そう言って、まり子は股間のものに触れて、やわやわと揉む。

三年経過して、郁夫も仕事が忙しくなってきている。

「……無理っぽいな」

「ねえ、郁夫、わたしに飽きたんじゃないの？」

「それはないよ。だけど、無理すると、よくないよ。たまにしか逢えないくらいがちょうどいいんだよ」

などと話していると、ケータイに電話がかかってきた。

妻の早苗からだった。

（何だろう？　ばれたのか？）

おそるおそる出ると、早苗の焦った声が聞こえた。

『今、どこにいるの？』

「どこって……言っただろ？　今夜は顧客との接待で遅くなるって……何？」

『それが……死んだのよ』

「えっ、誰が？」

『お父さんが……』

「はっ……義父が亡くなったの？」

豊太郎が入院したという話は聞いていないのだが。

『心臓麻痺らしいの。救急車で自宅から病院に運び込まれたんだけど、今、息を引き取ったって……美雪さんから連絡があったわ。今、病院に向かっているとこかった。

ろ。あなたも、来て。M病院だから』

「わかった。すぐ行く」

郁夫は電話を切り、まり子に事情を話して、シャワーを浴びにバスルームに向かった。

その三日後に、寺島豊太郎の葬儀が行われ、財界人をはじめとして市長までもが参列した。

そのなかで、黒い着物の喪服を身につけて、涙をハンカチで拭う美雪は、彼女がまだ若く美しいだけに人目を引いた。

会場は悲しみに沈んでいたが、一部には、そんな美雪を好奇の目で眺めている参列者もいた。

なぜなら、豊太郎は美雪とセックスをしている間に、心臓発作を起こした。つまり、腹上死だったというウワサがあるからだ。

そのウワサを耳にした早苗などは、「恥ずかしいわ。お父さん、最後まで恥をかかせて」と恨めしそうに唇を噛んだ。

だが、郁夫は違った。

七十三歳で、三十一歳の若妻の腹の上で精根尽き果てるとは、男として最高の

死に方じゃないか――。

美雪の激しいセックスを身をもって体験しているだけに、義父が腹上死したと

してもおかしくはないと感じた。

けなげに喪主を務める美雪を見て、郁夫はまたあらたな昂揚感を覚えた。

（短い結婚生活だったな。これで美雪さんは未亡人か……これからどうするんだ

ろう？ 卓弥だって育てなきゃいけないし……まあ、莫大な遺産が入るから、お

金には困らないだろうが……）

まり子の話によれば、美雪はホステスをしていたときにも、貢いだ青年実業家

に失踪されたと言う。そして、今回も歳の差を乗り越えて結婚した豊太郎とも死

別して、未亡人になった。

（ついてないんだろうな……不幸の星を背負っているんだろう）

見るからに憔悴している美雪が可哀相だった。

それに、もしかして、卓弥が郁夫の子供だという可能性だってあるのだ。

（どうにかして助けになりたい……）

だが、今の状態では郁夫ができることはない。

葬儀がとどこおりなく終わり、霊柩車で焼き場に運ばれた義父はしばらくして灰色の煙となって天に昇り、それを美雪は涙を流して眺めていた。

2

半年後、郁夫は本店の社長室に呼ばれた。

じつは少し前から、美雪が豊太郎の遺言に従って、K不動産の社長を勤めていた。

豊太郎は遺産の分配については、法律にのっとった形で、妻の美雪が半分を、子供の早苗と菜月、それに、卓弥が残りを均等に分けた。

だが、豊太郎は遺言に、美雪が豊太郎の社長の座を継ぐことを明記した。

この件についてはすでに社内の幹部連中にも根回しが済んでおり、彼らも、美雪が社長に就くことを受け入れているようだった。

豊太郎が美雪を秘書につけておいたのも、会社の仕事を覚えさせるためだったのだ。

いくら豊太郎に仕事を教え込まれていたとは言え、経験の浅い美雪が社長をやっていけるのか、という不安は周囲にもあったが、今のところ、会社は問題なくまわっているようだ。

豊太郎の右腕であった、現在六十三歳の専務・猪崎啓介《いのざきけいすけ》が美雪を蔭で支えているらしい。

息子の卓弥はベビーシッターと家政婦がついていて、何不自由なく育っている。

考えてみたら、すごい出世だ。

豊太郎に見初められるまでは、一介の非正規社員だった女が会社の社長と結婚し、秘書を勤め、さらに、その子供まで生んで、あっと言う間に社長の座に昇りつめたのだから。

(美雪は不幸の星を背負った女じゃなかったんだな。だけど、その美雪がいまさら俺に何の用だろう?)

郁夫は首をひねりながら、本店に行った。すると、今は副社長の猪崎が近づいてきて、

「社長の言うことを聞いてあげてください」

郁夫に向かって頭をさげるではないか。

「あの……どういう?」

「それは、実際に社長からお聞きになってくださいませ……」

猪崎は社長室のドアをノックして、言った。

「社長。楠本さんがおいでです」

「お通ししてください」

美雪の声がして、郁夫だけが社長室に通される。

大きな窓を背景に、社長の机に座っている美雪を見て、後光が射しているようだと思った。

呆然として立ち尽くしていると、美雪が立ちあがって、近づいてきた。

スタイリッシュなジャケットを着て、深いスリットの入ったタイトスカートを穿いていた。

基本スタイルは秘書のときと変わらないが、おそらくオーダーメイドで素材もいいのだろう、衣服は高級品のオーラを放っている。

かるくウエーブした髪もつやつやで、その一見男好きのする顔が、今はとても落ち着いていて、貫禄さえうかがえた。

「逢いたかった……」

美雪にいきなり抱きつかれ、郁夫は驚き、心臓がバクバク鳴りはじめる。

同時に、股間のものがそのしなやかで肉感的な身体を思い出したのか、急激に頭を擡げてくる。

「……いけません。美雪さんはもう社長なんですから」

蕩けそうになる理性を必死に働かせて言う。

「そうね……でも、たとえ社長になっても、あなたとわたしの関係は変わらない。そうでしょ?」

艶めかしく見つめられて、郁夫はどう答えていいのかわからない。

「じつは、やってほしいことがあって、郁夫さんを呼んだのよ……座ってください」

勧められてソファに腰をかけた。

正面の肘掛けソファに美雪が座り、膝を揃えて、じっと郁夫を見つめながら、

「わたしの秘書をやっていただきたいの」

まさかのことを言った。

「えっ……? 私が社長の秘書をやるんですか?」

「そう。そうしてほしいの……郁夫さん、支店に置いておくのはもったいないって話があって、それなら、秘書にしてほしいと提案したの。そうしたら、みなさ

ん、賛同してくれたのよ。お給料は今よりずっとあげるから、いい話だと思うけど……」

美雪が髪を色っぽくかきあげて、足を組んだ。

タイトスカートのスリットが割れて、むっちりとした太腿が際どいところまでのぞいた。

「お仕事は今のところ、猪崎さんが助けてくれているから問題ないの。でも、お仕事だけでは足らないものがあるの」

そう言って、美雪が席を立って近づいてきた。

足を開いて座った郁夫の前にしゃがんで、ズボンの太腿に手を添え、じっと見あげてきた。その艶めかしい表情に、股間のものが力を漲らせる。

「でも、美雪さんはもう我が社の社長なんだから……こんなことをなさってはいけません」

「言ったでしょ？　わたしはあなたの前では、壺井美雪というひとりの女なの。それは今も変わらない……わたしの秘書になってください」

「いや、しかし、俺には主任としての仕事がありますし……」

「いやとは言わせないわよ」

美雪が自信ありげに言って、つづけた。

「郁夫さん、浮気しているわよね」

「えっ……!」

まり子とのことが脳裏をよぎる。

「相手は永島まり子さん。もう三年も不倫をつづけている。いけないわね。早苗さんという奥さまがいながら……情報は入っているのよ」

美雪が口角を吊りあげた。

「し、していませんよ……その情報はどこから?」

「それは言えないわ。でも、確かな情報よ。郁夫さんが、まり子さんのマンションに出入りするのを何度も写真に撮られているのよ。何なら見せましょうか?」

美雪は立ちあがり、デスクの上にあったケータイを持って、その画像を見せた。

まり子が郁夫と腕を組んで、マンションに入っていくところや、郁夫がひとりでマンションから出ていくところが何枚も撮られていた。なかには、マンションのエントランスで無警戒にキスをしている写真まである。

萩原徹子か……自分の見張り役として送り込まれたのではないかと思っていたが、おそらくそうだろう。彼女が本店の誰かに報告をし、興信所あたりが盗撮したのに違いない。

「郁夫さん、思ったよりやるわよね。以前は支店の森田純子と懇《ねんご》ろになっていたし……この際だから教えましょうか？　森田さんを本店に呼んだのは、誰だと思う？」

「……ひょっとして、美雪さん？」

美雪がうなずいて言った。

「豊太郎さんから相談を受けて、そういう案を出したの。あなたを誰かに取られるのがいやだったから……」

美雪がソファの隣に腰をおろして、しなだれかかってきた。

社長室は完全にオフィスと遮られているから、こういうことができるのだろう。

ふと思いついて訊いた。

「ひょっとして、萩原徹子を送り込んだのも？」

「そうよ。そうしないと、郁夫さん、あの頃、わたしにフラれたと勝手に思って、他の女に手を出そうとしていたから……」

美雪が言って、ワイシャツの胸に頬擦りした。

「あのあとで、あなたは俺を誘った。もしかして、俺をひとりにしておきたかったから、純子と別れさせたのか？」

「……そうかもしれない。だって、あのとき、あなたとすごくしたかったから、森田純子が邪魔だったのかもしれない……」

そして、今も、美雪は自分とまり子を別れさせようとしているのだろう。

「まり子さん、同級生なんですってね……でも、いけないことよね。彼女との不倫、早苗さんには知られたくないんでしょ？」

「……ああ」

「だったら、わたしの秘書をやって……郁夫さんには難しいことじゃないでしょ？　もちろん、まり子さんとも別れてもらうけど……」

美雪がじっと郁夫を見た。

自分は美雪のことを充分にわかっていなかったのかもしれない。

「お願い……郁夫さんもわたしが好きでしょ？」

「ああ、もちろん」

「わたしが怖くなった？」

「……ああ、少しね」

「バカね。わたしは怖い女じゃないわ。わたしより怖い女なんていっぱいいるのよ。わたしはただ……郁夫さんと長く一緒にいたいだけなのよ」

そう言って、美雪が太腿を手でさすり、股間をいじってくる。

それから、キスをしてきた。

情熱的に唇を吸われ、舌をじっくりとからまされると、あの頃の記憶がよみがえってきて、イチモツがますます硬くなった。

美雪はキスをやめて、ふふっと微笑み、ズボンに手をかける。

「いけません。社長が社長室で、こんなことをなさっては……」

郁夫は思わずドアのほうを見た。

「じゃあ、社長室以外なら、いい？」

「えっ……いや……」

「でも、お口だけならいいでしょ？」

美雪はベルトのバックルを外し、ズボンとともにブリーフを一気に膝まで引きおろした。

転げ出てきたイチモツは最近なかった角度で、臍に向かっている。

「すごいわ。こんなになって……やっぱり、郁夫さんはわたしを忘れていなかったのね？」

にこっと笑って言って、美雪が顔を伏せた。

ちろっ、ちろっと亀頭部を舐めてくる。

戦慄が走り、分身がびくっと頭を振った。

それを感じたのか、美雪がうれしそうに見あげてくる。その間も、根元を握りしごいている。

また顔を伏せて、今度は裏筋を舐めあげてくる。

根元から先まで敏感な裏側につるっつるっと舌を走らせ、亀頭冠の真裏に舌をとどめて、上下左右に振り、様子をうかがうように見あげてくる。

髪をかきあげて、潤んだ瞳を向けながら一生懸命にそこを舐める姿は、数年前の美雪と何ひとつ変わっていなかった。

美雪が頰張ってきた。

いきりたつものに唇をかぶせ、ゆったりとすべらせながら、根元を握って、ぎゅっ、ぎゅっとしごいてくる。

不思議なもので、同じことをされても、美雪が社長であり、しかもその社長室でフェラチオしてもらっているのだと思うと、ひどく昂奮してしまう。

何度も唇を往復させてから、美雪はさらに深く咥え込んできた。

陰毛に唇が接するほどに頬張り、ぐふっ、ぐふっと噎せた。それでも、怯まずに、もっとできるとばかりに深く咥え込んで、チューッと吸い込む。

「おっ、あっ……」

すごい快感だった。

美雪は両頬がぺこりと凹むほどに亀頭部を吸い込み、それればかりか、なかで舌をからませてくる。

ねろり、ねろりとまとわりつく舌の快感に唸っていると、美雪は頬張ったまま顔を傾けた。

美雪が顔を打ち振ると、頬のふくらみが移動する。

頬の粘膜に亀頭部が擦りつけられて、気持ちがいい。

そして、美雪はオタフクのように頬をふくらませながらも、じっと見あげてくる。

（わたしはこんな醜い顔になることも厭わず、あなたのものをおしゃぶりしていのよ。それだけ、あなたが好きなのよ）

そう訴えているように見えた。

美雪はまっすぐに咥え直し、根元を握りしごきながら、余っている部分に素早く唇をすべらせる。

「ぁああ、ダメだ。出そうだ……！」

思わず訴えると、美雪が吐き出して、イチモツを握りしごきながら言った。

「入れたい？」

「えっ……それは、できるなら……」

「だったら、秘書の件、OKが欲しいの。やってもらえるわね？」

「……しょうがないですね。やります」

「わかったわ。うれしい、すごく……」

微笑んで、美雪が立ちあがった。

インターフォンでどこかに連絡を入れて、

「猪崎さん？　まだ話が終わらないの。今、大切なところだから、しばらく人を入れないでください……。次のスケジュールはまだ大丈夫ですよね？……はい、そうしてください。よろしくお願いします」

インターフォンを切り、

「これで、しばらくは大丈夫」

美雪はソファの前に立ち、ジャケットを脱いだ。

それから、スカートのなかに手を入れて、パンティストッキングとともに紺色のパンティを脱ぐ。

郁夫の手をつかんで、スカートの奥へと導いた。

「ほら、濡れてるでしょ？　自分でも、濡れているのがわかるのよ」

美雪が言う。スリットが割れて、むっちりとした太腿がのぞいている。

太腿の奥には湿った恥肉が息づいていて、潤みきった粘膜がぬるっ、ぬるっと指にまとわりついてきた。

「主人を亡くしてから、ここが寂しがっているのよ。あなたのこれが欲しくて」

美雪は郁夫の勃起をつかみ、ゆったりとしごいた。

それから、ロングソファにあがり、向かい合う形で郁夫の膝をまたいだ。

郁夫を見おろして、いきりたつものをつかみ、濡れ溝を擦りつけ、慎重に沈み込んでくる。

熱いと感じるほどの蕩けた肉路がイチモツを包み込んできて、美雪はぐっと奥まで呑み込むと、

「あっ……！」

郁夫の肩につかまって、小さく喘いだ。

（ああ、これだった……！）

郁夫は何年かぶりに美雪に挿入して、その快感に酔いしれた。

窮屈な肉路が波打つようにうねりながら、締めつけてくる。くいっ、くいっと内側へと吸い込もうとする。

まり子も決して悪くはない。だが、美雪のここは特別だった。

「社長室でするのも悪くはないでしょ？」

微笑んで、美雪はブラウスの胸ボタンをひとつ、またひとつと外していく。

この部屋で豊太郎と美雪と逢っているとき、ここで豊太郎が美雪とセックスをしているところを想像したことがあった。

自分はついにこの社長室で、美雪とセックスをしているのだ。

当時、美雪は秘書だったが、今は社長で、自分がその秘書をする予定である。

そのことが不思議でしょうがない。だが、昂奮する。

胸ボタンを外し、紺色の刺しゅう付きブラジャーに包まれた乳房がこぼれでた。

授乳を経験して、いっそう豊かになった乳房に顔を埋める。

そこは甘酸っぱい汗とミルクっぽい匂いをこもらせていて、郁夫はその芳醇な香りを思い切り吸い込んだ。

脳の奥まで痺れるようだ。
ますますギンとなったイチモツを揉み込むように、美雪が腰をつかいはじめた。
郁夫に抱きつきながら、自ら腰を揺すり、
「あっ……くっ……」
と、洩れそうになる声を押し殺している。
ぎゅっとしがみつかれて、郁夫も揺れる肢体を抱きしめる。
腰の揺れが少しずつ速く、大きくなり、分身が激しく揉み抜かれた。
そして、美雪は腰を縦につかいはじめた。
ソファに両足を踏ん張り、スカートのスリットから長い太腿をのぞかせながら、
郁夫の上でスクワットでもするように腰を振り、
「あっ……あっ……くっ……」
必死に声を押し殺している。
その激しい腰づかいが、美雪の渇望を感じさせた。
夫を亡くして半年が経過し、美雪は身体の飢えが満たされていないのだろう。
男に抱かれていないと、寂しくなってしまうのだろう。
「イキたいの……この体勢ではイケないのよ」

美雪が耳元で言う。

「どうすればイケる?」

訊くと、美雪はいったん結合を外して、ソファを降り、窓のほうに歩いていく。

郁夫もその後をついていった。

美雪はブラインドをおろし、窓の下側につかまって、ぐいと腰を後ろに突き出してきた。

スカートをまくりあげると、むちっとした肉感的な尻がこぼれでた。

豊かな尻たぶが逆ハート形に張りつめ、まっすぐに伸びた足はハイヒールで持ちあげられて、いっそう長く見える。

双臀の底で息づく女の花芯が、郁夫を誘った。

そこはぷっくりとふくらみ、内部の狭間をのぞかせ、ぬめぬめと妖しく光っている。

真後ろにしゃがんで、濡れた割れ目を舐めた。まったりとした粘膜がからみついてきて、

「ぁああ、あうぅぅ……ねえ、もう欲しい……」

美雪がもどかしそうに腰をくねらせた。

郁夫は立ちあがって、いきりたちを後ろから押し込んでいく。切っ先がとろとろに蕩けた粘膜に吸い込まれていき、

「あうぅぅ……！」

美雪が背中を弓なりに反らせた。

そして、熱い肉路がぎゅ、ぎゅっと肉棹を包み込んでくる。

強烈な食いしめが、郁夫を一気に追い込んだ。

（やはり、美雪のオマ×コは特別だ。男は誰だって夢中になるだろう）

くびれたウエストをつかみ寄せて、ぐいぐいと打ち込んでいく。

「あっ……あっ……ぁああ、いいの。郁夫さんのおチ×チン、気持ちいい……あん、あんっ、あんっ……」

美雪は窓の下につかまって、くぐもった声をあげる。

亡くなった社長の遺言とは言え、我が社の社長になった女性を、自分は就業時間中に、社長室で犯している。

秘書になったら、こんなことが日常になるのだろうか？

早苗にもまり子にも申し訳ないとは思うが、この愉悦には逆らえない。

「あっ、あっ、あっ……ぁああ、イきそう……イクわ。イッていい？」

美雪が身体を揺らしながら、訊いてくる。

「いいですよ。イッて……俺も……」

パン、パン、パンと音が出るほどに強く打ち込んだとき、

「イク、イク……ぁあああ、くっ……！」

美雪がのけぞりながら痙攣して、そのうごめく膣めがけて、郁夫も男液をしぶかせていた。

3

一カ月が過ぎて、郁夫は社長・寺島美雪の秘書を勤めていた。

社長と言っても、詳細なところは部下がやり、大きな決断は美雪と猪崎がするのだが、美雪の意思はあまり反映されずに、実質的には猪崎が取り仕切っていると言ってよかった。

その日も、豊太郎が所有していて、今は美雪名義になっている物件のうちのひとつをどうするのかという問題になり、猪崎と美雪が口論になった。

結果は物別れに終わったものの、あとで美雪が、

「猪崎さん、わたしの自由にさせてくれないのよ」

と、不満をあらわにしていた。

社長秘書の郁夫も求められて、意見をするのだが、だいたいは猪崎に無視された。

「話があるの。今夜、食事が終わったら、家に来て」

そう言われて、郁夫はいったん帰宅し、夕食を終えて家を出ようとすると、早苗がむくれて言った。

「今から、美雪さんの家に行くなんて、おかしいじゃないの」

「しょうがないじゃないか。仕事の話なんだから。相手は社長だよ。いやとは言えないだろ？」

「仕事の話なら、オフィスですればいいじゃないの？　おかしいわよ。こんな時間に……」

「俺は美雪さんの秘書だよ。それで、前より多くの給料をもらっているんだ。早苗だって、それで助かってるはずだよ」

「……美雪さんが現れなければ、うちにももっと遺産が入ってたんだから……」

「早苗が怒るのもわかるけど、秘書は社長に呼ばれたら行くしかないんだよ。それに、家には卓弥くんもいるんだし……何も起こらないよ。なるべく、早く帰ってくるから」

そう早苗を説き伏せて、家を出た。

車で、寺島家に向かう。

相変わらず夫婦関係は上手くいかない。

早苗は、郁夫と美雪の関係を疑っているようだ。だが、相手は社長で、証拠もなく、はっきりとは言えないから、余計に不満が溜まるのだ。

永島まり子とは別れざるを得なかった。

別れを認めさせるのには苦労したが、二人の肉体関係が会社にばれて、これ以上つづけると、降格される。妻は元社長の娘だから、面子もあるみたいなんだ。だから、別れてくれ――。

何度も頭をさげて、最後は慰謝料を払った。

その金は、美雪が出してくれた。

相当の慰謝料を提示したところ、まり子はしぶしぶ別れを受け入れてくれた。

申し訳ないことをしたという思いはあるが、まり子は今もあのマンションに住み、医療事務の仕事をつづけているから、ある意味、ほっとしている。

寺島家に着いて、車を停め、家に入っていく。

そのときはまだ卓弥が起きていて、

「あっ、オジちゃんだ！」

と、抱きついてきた。

「来たぞ。オミヤゲを持ってきたからな」

郁夫も、卓弥が今嵌まっているというヒーローものの玩具を用意して、プレゼントした。

「ありがとう！」

そう言って、卓弥は部屋にあがっていった。

郁夫は胸が熱くなる。

自分に子供がいないこともあるが、心のどこかに、もしかしたら卓弥は自分の子ではないか、という思いもあり、それをずっとぬぐえないでいた。

しばらく居間のソファで、美雪と雑談をした。それから美雪が、

「卓弥を寝かせてつけてくるわね」

居間を出た。

ややあって、美雪が居間に戻ってきた。その格好を見て、驚いた。

さっきまでブラウスにスカートという格好だったのに、今はシースルーのネグリジェを着ていた。

白いスケスケのナイティで、薄い布地からナマ乳が透け出していた。黒い繊毛が見えるから、下着はつけていないようだ。

「卓弥はもう寝たから、大丈夫。朝まで何があっても起きないから」

そう言って、郁夫の隣に座って、しなだれかかってきた。

きっと何か頼みたいことがあるのだろう。これまでもそうだった。

警戒はあったが、この悩ましい格好で寄りかかられると、頭の芯がとろとろに蕩けてしまう。

「郁夫さんとここでゆっくりできるのも、何年ぶりかしら？」

甘えるように言って、ナイティ越しにナマ乳房を押しつけてくる。

「……何年になるかな？　それより、話って何ですか？　気になってしまって」

切り出すと、美雪が言った。

「猪崎さんのことだけど……」

もしかして、その件ではないかとも思っていた。

「あの方、一生懸命やってくださってはいるんだけど……わたしの言うことに全部反対するの。今日だって、そうだったでしょ？　だから、わたしどうしていいのかわからなくて……」

美雪が胸のふくらみを擦りつけて、眉根を寄せた。

「そうですね……美雪さんのおっしゃることもわかりますが、でも、猪崎さんもベテランですから、よかれと思ってやってくれているので……」

「それはわかるのよ。でもね、じつは猪崎さん、わたしを社長から降ろして、自分が社長になろうって画策しているみたいなの」

美雪がまさかのことを言った。

「そうなんですか？」

「ええ……幹部連中にわたしに内緒で根回しをしているみたいなの。山崎《やまさき》部長に聞いたから、確かなのよ」

郁夫は天を仰いだ。

猪崎は美雪を社長に据えておくよりも、自分が社長になったほうが手っ取り早いし、安心できると思っているのだろう。

猪崎も豊太郎亡きあとは自分が当然、社長になるものと思っていただろうから、そういう画策をしてもおかしくはない。

しかし、豊太郎は美雪を信じて、アトガマを任せたのだから……。

それに、今日のこともそうだが、美雪の主張が間違いだとは決めつけられないし、はたから聞いていても、猪崎は慎重になりすぎていて、このままでは会社としての進展はないのではないかという危惧はあった。

「だから……郁夫さん、幹部たちを説得して、わたしが社長でいつづけられるようにしてください。このまま社長の座を譲るなんて、わたし、死んだ夫に申し訳なくて。だから、お願い……」

美雪が真剣な顔で、郁夫を見た。

うっすらと涙をたたえたその眼差しに、心が動いた。しかし……。

「おっしゃることはわかります。ですが、とても厳しい道です。幹部たちはみんな、猪崎さんを信頼していますから」

「どうしたらいい？」

「そうですね……困りましたね」

「お願い、考えて……協力して」

美雪がすっと郁夫の前にしゃがんだ。じっと見あげて、言った。

「このことは伝えないでおこうと決めていたんだけど……じつは、卓弥、あなたの子なんですよ」

「えっ……！」

「豊太郎さんの精液を秘密で調べてもらったんです。そうしたら、精子がすごく少なくて、これでは妊娠は無理だって……」

「ほんとですか？」

「ええ……事実なのよ」

美雪がまっすぐに郁夫を見る。

（そうか……あのとき、豊太郎との間では妊娠できないとわかって、それで、俺を求めてきたのか……そして、美雪は妊娠した。ならば、やはり、卓弥は自分の息子ということになる）

以前からその可能性はあると感じていたが、それが事実なら……。

美雪を見る目が完全に変わった。

自分と美雪は夫婦のようなものだ。美雪の生んだ卓弥は自分の子なのだから。

「ほんとうでしょうね？」

「ええ……事実です」

美雪の言うことにウソはない気がした。

途端に責任感のようなもので肩が重くなった。

それなら、自分は絶対に美雪と卓弥を護らなくてはいけない。

「……どうしたらいいですか？」

美雪が自分を頼ってくれている。ここは父親として、しっかりしなければいけない。

「わかりました……いっそのこと、これという改革案をぶちあげたら、いかがですか？　美雪さんが社長に相応しい人だってことを認めさせるんです」

「でも、わたしそんなにまだ……」

「でしたら、俺が協力しますよ。じつは、前からシステムに関して、いろいろと思うところがあって……私でよければ、主体的にそのプランを考えます。そして、それをあなたの名前で出せばいい。猪崎さんは関知していないことを明確にして……それが上手くいけば、美雪さんも社長でいられるはずです」

自分でもびっくりするほどにきっぱりと伝えていた。

すると、美雪が涙目でしがみついてきた。

「ほんとうにあなたに逢えてよかった。わたしが今あるのは、郁夫さんのお蔭よ。ずっと一緒にいて、わたしを助けてください」

股間に頬擦りされると、分身が一気に力を漲らせた。

来るなと思った直後に、ベルトのバックルが外されて、ズボンとともにブリーフが引きおろされた。

転がり出てきたイチモツは下腹を打たんばかりに、そそりたっている。

美雪が顔を寄せてきた。

根元を握り持って、亀頭部にちゅっ、ちゅっとついばむようなキスを浴びせてくる。

それが美雪が男をその気にさせる方法であることはわかっている。だが、それでもいいではないか？　それが美雪のやり方ならば、甘んじて受けよう。

ちろちろと亀頭冠を舐め、それから、裏筋に舌をジグザグに這わせる。その間も、皺袋を右手で柔らかく揉んでいる。

何度も裏筋を舐めあげ、そのまま上から頬張ってきた。

皺袋をあやされ、速いピッチで亀頭冠に唇を往復されると、ジーンとした快感がふくらんできて、あっと言う間に追い詰められた。

「ぁああ、ダメだ。美雪さん……」

思わず言うと、美雪はちゅるっと吐き出し、

「寝室に行きましょ。大丈夫よ。卓弥は二階で寝ているから」

立ちあがった。

目の前のシースルから透け出している乳房に見とれながら、郁夫も腰を浮かした。

4

郁夫が連れて行かれたのは、以前に美雪が豊太郎との寝室に使っていた場所で、この和室を郁夫は覗き見たのだった。

畳には一組の布団が敷かれ、そこを枕明かりがぼんやりと浮かびあがらせている。

「いいのかい？」

腰が引けて、郁夫は言う。

「もちろん……だって、これからは郁夫さんがわたしのパートナーだから。わたしの主人みたいなものでしょ？」

そう言って、美雪は郁夫の着ているものを脱がせた。

布団に仰臥しながら、郁夫の手を引っ張った。

郁夫が覆いかぶさっていくと、目を閉じる。

魅入られるように郁夫は唇を重ねながら、ネグリジェ越しに乳房を揉んだ。

透ける素材のつるっとした感触を味わいながら、ふくらみを揉むと、柔らかくしなった乳房が揺れて指にからみつき、

「んっ……んんんっ……」

美雪はくぐもった声を洩らしながら、郁夫の髪を撫で、ぎゅっと抱きついてくる。

キスが激しいものに変わり、郁夫はキスをおろしていき、胸のふくらみに顔を寄せた。

シースルーの生地越しに、ピンクに色づく乳首を舐め、吸う。

「ぁああ、あうぅ……いいの。ほんとうにいいの……」

美雪は下腹部をせりあげて、郁夫に擦りつけてくる。

郁夫もいつになく昂っていた。

美雪は自分の子供を生んだのだ。そういう女を大切にしたい、愛したいと思うのは当然だろう。

　顔をおろしていくと、シースルーの生地から下腹部の翳りが透け出ていた。

　そこにキスをすると、

「んっ……あっ……ぁあうぅぅ」

　美雪はびくっ、びくっと震え、さらに、もっとでも言うように下腹部をせりあげる。

　織毛が見える箇所を舐めた。たちまち布地に唾液が沁み込んで、生地が張りつき、縦長の翳りがくっきりと浮かびあがった。

　たまらなくなって、膝をすくいあげた。ネグリジェがめくれあがり、あらわになった翳りの底にしゃぶりついた。

　女の割れ目がひろがって、鮭紅色のぬめりがぬっと現れ、そこに舌を這わせると、

「ぁああ、あああぁ……気持ちいい……気持ちいい……」

　美雪が艶めかしく言う。

　この人はいつも男を求めているのだ。精神的に頼りたいという気持ちと、肉体的な欲求が結びついていて、それが男を虜にするのだ。

（そして、俺も……いいんだ。俺はこの人に人生を捧げよう）

狭間を舐めつづけていると、

「欲しいわ。もう、欲しい……」

美雪はいったん立ちあがり、ネグリジェを脱いだ。一糸まとわぬ姿になって、仰向けに寝た郁夫にまたがってきた。

後ろ向きにまたぎ、豊かな双臀を見せながら、屹立を擦りつけ、静かに沈み込んでくる。

いきりたちが膣口に吸い込まれていき、

「ぁあああぁ……」

感極まったような声を洩らし、上体をまっすぐに立てた。

その状態で濡れ溝を擦りつけてくる。釉薬をたっぷりと塗ったような光沢を放つ白い尻をぐいっ、ぐいっと窄める。

「ぁああ、あああ……気持ちいい」

美雪は心から感じている声をあげると、前に屈んだ。

あのときと同じだった。

美雪は挿入したまま、前に倒れて、乳房を擦りつけながら、向こう脛を舐めはじめた。

ぞわぞわっとした快感が流れ、郁夫は「くっ」と呻く。

これは、美雪の男への感謝の気持ちの現れなのだろう。

尻の孔が丸見えにもかかわらず、乳房を擦りつけながら、膝から足首にかけて、舌を走らせる。

つるっ、つるっと舐めて、ついには、足の甲にまで舌を届かせる。

そのまま、上下に舌をすべらせるので、その動きにつれて、膣口もいきりたちを咥え込んだままひくひくとうごめく。

美雪は片方の足を抱えるように丹念に舌を走らせつづけた。

それから、上体を斜めになるまで持ちあげ、裸身全体を行き来させて、きつきつの膣に肉棹を擦りつけてくる。

(ああ、美雪……！　お前を思い切り突きたい！)

郁夫はいったん結合を外して、美雪を仰向けに寝かせた。

幾分ふくよかになり、女らしい曲線を描く色白の女体に見とれながら、膝をすくいあげて、硬直を打ち込んでいく。

「ぁぁああ……！」

美雪が顔を撥ねあげた。

郁夫はがむしゃらに突いた。

曲げた膝を上から押さえつけて、力の限りに打ち込んでいく。

「うっ、うっ……ぁあああ、あああ、すごい……いつもよりすごいわ」

美雪が潤みきった瞳を向ける。

「そりゃあ、そうだよ。俺は美雪のそばから一生離れないと決めたんだ」

「うれしい……会社を立て直すプラン、お任せしますね」

「わかってる。美雪はこういうのが好きだろ？」

郁夫はすらりとした足を肩にかけて、ぐっと前に体重を載せた。

美雪の身体が腰から二つに折れ曲がり、挿入が深くなった。

「ああ、苦しい……突き刺さってる。お臍まで届いてる」

美雪が下からとろんした目を向けてくる。

乱れ散った髪のウエーブに見とれながらも、郁夫は強烈に上から打ちおろしていく。

ぐさっ、ぐさっとイチモツが深く嵌まり込んでいき、奥を突く。すると、美雪はそれがいいのか、郁夫の両腕につかまって、ずりあがりをふせぎながら、

「あんっ、あんっ……ぁあああ、イキそう。郁夫さん、わたし、イク……！」

郁夫を見ながら、顎を突きあげ。

「いいんだぞ。イッていいんだぞ……俺も、俺も出す！」

郁夫も激しく腰を打ち据えて、見えてきた頂上めがけて駆けあがっていった。

＊この作品は、書き下ろしです。また、文中に登場する団体、個人、行為などは実在のものとはいっさい関係ありません。

二見文庫

義父《ぎふ》の後妻《ごさい》

2021年7月25日　初版発行

著者　霧原一輝《きりはらかずき》

発行所　株式会社 二見書房
東京都千代田区神田三崎町2-18-11
電話　03(3515)2311［営業］
03(3515)2313［編集］
振替　00170-4-2639

印刷　株式会社 堀内印刷所
製本　株式会社 村上製本所

ISBN978-4-576-21096-4
https://www.futami.co.jp/

家政婦さん、いらっしゃい

KIRIHARA, Kazuki
霧原一輝

仕事中に右腕骨折をし、自宅療養中の健二。妻とは二年前に離婚している。右手が使えないので日常生活ができないことに辟易した彼は家政婦に来てもらうことにした。写真と履歴もチェックできるHPを開くと、そこにはかつて一度だけ不倫をした相手である女性の顔が！　興味と期待で彼女に来てもらうことにしたが……。人気作家による書下し官能エンタメ！

二見文庫の既刊本

ネトラレ妻 夫の前で

KIRIHARA, Kazuki

霧原一輝

48歳の功太郎は、再婚相手の翔子を前に肉体的な衰えを感じ始めていた。その上、翔子が他の男に貫かれ、喘いでいるところを想像すると、昂奮するようになってしまったのだ。自分の性癖に気づいた彼は、部下を自宅に泊めた際に、翔子に「誘惑して筆下ろししてやれ」と伝え、いやいや応じた翔子と部下のセックスに快感を見出すのだが……。書下し回春エロス！

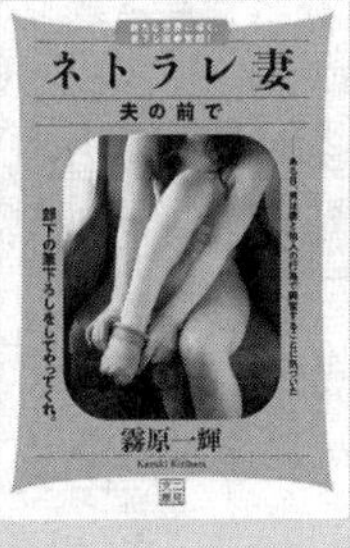